인간 실격

위의 큐알코드를 스캔하면 한글판 PDF와
일본어판 PDF를 다운받을 수 있습니다.

인간 실격
人間失格

2025년 8월 01일 초판 1쇄 인쇄
2025년 8월 15일 초판 1쇄 발행

지은이 다자이 오사무
옮긴이 더페이지
발행인 손건
편집기획 김미정
마케팅 최관호
디자인 김정희
제작 최승용
인쇄 선경프린테크
이미지 www.shutterstock.com

발행처 열린문학
주소 서울시 영등포구 영신로 34길 19
등록번호 제 312 - 2006 - 00060호
전화 02) 2636 - 0895
팩스 02) 2636 - 0896
이메일 elancom@naver.com

ISBN 979-11-7142-088-9 03830

*열린문학은 ***LanCom***의 문학 · 인문 브랜드입니다.

인간 실격

人間失格

다자이 오사무 지음 + 더페이지 옮김

열린
문학

차 례

서문

내가 본 그 남자의 사진은 딱 3장뿐이다.

첫 번째 사진은 그의 어린 시절, 아마 10세쯤 됐을 때 찍은 사진 같은데, 사진 속에서 그 아이는 굵은 줄무늬 하카마를 입고, 많은 여자들—아마도 누나, 동생, 사촌들일 거라고 생각된다—에 둘러싸여 정원의 연못가에 서서 고개를 30도 정도 왼쪽으로 갸웃한 채 마뜩잖게 웃고 있다.

마뜩잖게? 좀 둔한 사람들, 그러니까 아름다움이나 추함 같은 것에 민감하지 않고 별로 관심도 없는 사람들은 건성으로 귀엽게 생겼다고 입에 발린 소리를 할 수도 있겠다. 그리고 그런 말을 해도 딱히 틀린 소리라고 할 수는 없을 정도의 통속적인 귀여움이 그 아이의 얼굴에 전혀 없는 것도 아니다.

하지만 아름다움과 추함을 알아보는 눈이 조금이라도 있는 사람이라면 그 사진을 보는 순간 굉장히 불쾌하고 찜찜한 기분이 들어서 송충이라도 털어내는 것처럼 사진을 팽개쳐버릴지도 모른다.

이상하게도 아이의 웃는 얼굴은 들여다볼수록 꺼림칙하고 섬뜩한 느낌을 준다.

아니다! 이건 웃는 얼굴이 아니다. 애당초 아이는 전혀 웃고 있지 않았다. 아이가 두 주먹을 불끈 쥐고 있는 것만 봐도 분명하다. 사람은 이렇게 주먹을 불끈 쥔 채로 웃을 수는 없는 법이다.

그렇다! 이건 딱 원숭이 웃음이다. 원숭이가 그저 얼굴에 주름을 잡는 것으로 사람의 웃음을 흉내 내고 있는 바로 그 웃음이다. 그냥 얼굴이 쪼글쪼글한 꼬마라는 표현이 딱 맞을 것만 같은 표정이다. 기묘하고 역겹고 불쾌한 표정! 이렇게 기괴한 표정의 아이는 나는 정말 처음 봤다.

두 번째 사진 속의 얼굴은 깜짝 놀랄 만큼 달라져 있다. 고등학생인지 대학생인지는 잘 모르겠는데 굉장히 잘생긴 미소년이다. 그런데 신기하게도 사진 속 얼굴은 왠지 살아 있는 사람 같지가 않다.

교복 앞가슴에 달린 호주머니에 하얀 손수건을 꽂고 등나무 의자에 다리를 꼬고 앉아서 이번에도 역시 웃고 있다. 먼저 사진에서처럼 쪼글쪼글한 원숭이 웃음이 아니라 이번에는 제법 기술적인 웃음이다.

하지만 그런데도 어딘가 인간의 웃음과는 다르다. 그의 웃음에는 피의 무게랄까, 생명의 깊은 맛이랄까, 그런 충실감이 전혀 없다. 그저 새처럼, 아니 깃털처럼, 종잇장처럼 그렇게 가볍게 웃고 있다.

머리끝부터 발끝까지 가식적이라는 느낌이 든다. 겉멋이 들었다는 말로는 부족하다. 경박하다는 말로도 부족하다. 기생오라비 같다는 말로도 부족하고, 멋쟁이라는 말로도 그를 표현하기엔 뭔가 부족하다.

더 이상한 건 사진을 들여다볼수록 이 잘생긴 학생에게서 왠지 괴기스러운 느낌, 섬뜩한 기운이 느껴진다는 것이다. 이렇게 기괴하고 오싹한 느낌을 주는 미남은 정말 처음 봤다.

기괴하다고? 정말 기괴한 것은 세 번째 사진이다.

일단 사진 속 남자의 나이를 전혀 짐작할 수가 없다. 머리는 좀 희끗하게 센 것 같다. 어지간히도 낡고 허름한 방—벽이 3군데나 내려앉아 있는 것이 사진에 선명하게 찍혀 있다— 한구석에 앉아 작은 화로에 손을 쬐고 있는 사진인데 이번에는 웃고 있지 않다.

무표정한 얼굴! 앉아서 화롯불에 두 손을 쬐고 있다가 자연스럽게 죽은 것 같은 느낌! 정말 소름 끼치는 사진이다. 사진 속에서 불길한 기운이 스멀스멀 기어 나오고 있는 것만 같다.

이상한 것은 그뿐만이 아니다. 이 사진에는 얼굴이 꽤 크게 찍혀 있어서 그의 얼굴 생김새를 찬찬히 아주 자세히 살펴볼 수 있다.

이마도 평범하고, 이마의 주름도 평범하고, 눈썹도 평범하고, 눈도 평범하고, 코도 평범하고, 입도 평범하고, 턱도 정말 평범하다.

그러고 보니 이 얼굴에는 표정만 없는 게 아니라 인상이라는 것 자체가 없다. 특징이라는 게 전혀 없는 얼굴이다. 금방 사진을 보고 눈을 감아도 나는 벌써 이 얼굴을 기억할 수가 없다. 벽이나 작은 화로는 생각나는데 정작 그 방 주인의 얼굴은 안개처럼 흔적도 없이 사라져 버려 도무지 생각나지 않는 것이다.

그림이 그려지지 않는 얼굴이라니! 만화로도, 그 무엇으로도 되지 않는 얼굴이다.

눈을 뜨고 다시 사진을 봐도, 맞아, 이 얼굴이었지, 보니까 알겠네, 하는 기쁨조차 없다. 사진을 다시 들여다봐도 기억이 가물가물할 지경이다.

어찌나 불쾌하고 혐오감이 이는지 보는 순간 외면하고 싶어지는 사진이다. 흔히 죽을상이라고 관상학적으로 가장 안 좋게 보는 얼굴에도 이보다는 표정이라든가 인상이라는 게 살아있지 싶다. 사람의 몸에 노새 모가지를 붙여 놓으면 이런 느낌일까? 도무지 어색하고 불편하고 불쾌하고 오싹하다. 이렇게 기괴한 얼굴은 정말 처음 봤다.

첫번째 수기

너무나 부끄러운 삶

저는 너무나 부끄러운 삶을 살았습니다. 인간의 삶이라는 것을 저는 도무지 알 수가 없습니다. 도후쿠 지방의 조그만 시골 마을에서 태어났기 때문에 저는 기차도 제법 자란 뒤에야 처음 보았습니다. 정거장의 육교를 줄곧 오르내리면서도 그것이 기찻길을 건너기 위해 만들어진 줄은 꿈에도 모르고, 그저 정거장 구내를 외국의 놀이공원처럼 최신식으로 복잡하고 재미있게 꾸미려고 설치한 줄로만 알았죠.

그것도 처음에만 잠깐 그렇게 알고 있었던 것이 아니라 꽤 오래 육교를 오르내리는 일을 무척 세련된 오락거리로 즐기면서 철도 서비스 가운데 가장 감각적인 서비스라고 생각하고 있었습니다.

그런데 한참 뒤에 육교는 단지 여행객들이 기찻길을 건널 수 있도록 설치된 지극히 실용적인 시설일 뿐이라는 사실을 알게 되었고, 곧바로 흥미를 잃었습니다.

어릴 때 그림책에서 지하철을 보았을 때도 그랬습니다. 땅 밑을 달리는 기차가 땅 위를 달리는 기차보다 완전히 색다르고 재미있는 놀이라서 그렇게 만든 줄 알았는데 그것 역시 실용적인 시설일 뿐이었죠.

저는 어릴 때부터 몸이 약했습니다. 그래서 툭하면 앓아눕곤 했죠. 그렇게 누워있을 때면 요나 베갯잇, 이불 홑청을 보면서 참 볼품없는 장식이라고 생각했습니다. 그런데 스무 살이 다 되어서야 그것들이 뜻밖에도 실용적인 물건이었다는 것을 알고는 인간의 알뜰함에 참 가슴 먹먹한 서글픔을 느꼈습니다.

저는 배고프다는 것이 어떤 느낌인지 몰랐습니다. 먹고살 걱정 없는 풍족한 집에서 자랐기 때문에 배곯은 적이 없다는 그런 한심한 뜻이 아닙니다! 말 그대로 배고픔이라는 감각이 어떤 느낌인지 전혀 몰랐다는 뜻입니다. 이상하게 들리겠지만 저는 살면서 배가 고프다는 것을 한 번도 느낀 적이 없습니다.

초등학교 때도, 중학교 때도, 학교에서 돌아오면 얼굴 마주치는 사람마다 맞아주는 말이 똑같았습니다.

"어서 와, 배고프지? 나도 겪어봐서 알아. 학교 끝나고 집에 오면 정말 배가 고파서 죽을 지경이었지. 뭐 먹을래? 아마낫토? 카스텔라? 빵?"

그러면 저는 타고난 아부 정신을 발휘하여 아마낫토를 한 움큼 집어 입에 넣으면서 말하곤 했죠.

"아, 배고파!"

사실은 전혀 배고프지 않았습니다. 단 한 번도!

물론 그렇다고 제가 잘 안 먹었다는 건 아니고, 단지 배가 고파서 먹었던 기억이 없다는 겁니다. 귀한 음식도 먹어봤고 고급 음식도 먹어봤고, 특히 남의 집에서 대접해 주는 음식은 억지로라도 열심히 먹었습니다.

그래서일까요, 제 어린 시절에 가장 고통스러웠던 시간은 바로 우리 집 식사 시간이었습니다.

그때 고향 집에서는 독상을 2줄로 마주보게 쭉 늘어놓은 넓은 방에서 10명 남짓한 식구들이 각각 자기 밥상에 앉아 밥을 먹었습니다. 저는 막내였기 때문에 당연히 맨 아랫자리에 앉아서 먹었죠.

식구들이 모여 밥을 먹는 그 방은 좀 어둑했는데, 식사 시간마다 10명 넘는 식구들이 아무 말 없이 밥만 먹고 있는 모습을 보면 저는 늘 등골이 오싹했습니다.

게다가 시골집 반찬이라는 것이 늘 그게 그거잖아요. 새로운 반찬이나 귀한 음식, 색다른 요리나 특별히 맛있는 음식을 기대할 일도 전혀 없었죠.

저는 점점 식사 시간을 두려워하게 되었습니다. 어둠침침한 방 구석자리에 앉아 밥을 조금씩 입에 밀어 넣고 꾸역꾸역 삼키면서 저는 늘 오들오들 떨었습니다.

그럴 때마다 저는 생각했습니다.

인간은 왜 하루에 3번씩이나 꼬박꼬박 밥을 먹을까? 다들 참 엄숙하게도 밥을 먹고 있네. 혹시 이것도 내가 모르는 무슨 의식을 행하는 걸까? 그래서 하루에 3번씩 꼬박꼬박 시간을 지켜서 밥상을 가지런히 줄 세워 놓고 어두운 방에 모여 앉아서 별로 먹고 싶지도 않은 밥을 말없이 씹으며 집 안 가득 우글거리는 영혼들에게 기도를 드리는 걸까?

밥을 안 먹으면 죽는다지요. 하지만 저에게 그 말은 그저 어른들이 위협하는 소리로만 들렸습니다. 인간은 먹지 않으면 죽는다. 그러니 일해서 먹고 살아야 한다!

그 미신은—제게는 지금도 그 말이 미신처럼 들립니다— 제게 늘 불안과 공포를 느끼게 했습니다. 아무리 생각해도 이해할 수 없고 막연하고 협박 같은 여운을 주었기 때문입니다.

그건 제가 아직도 인간의 삶에 대해 잘 모른다는 뜻이겠지요. 행복에 대한 저의 관념과 세상 사람들의 관념이 전혀 다를지도 모른다는 불안감, 그 불안감 때문에 저는 밤마다 뒤척이며 괴로워하다가 미쳐버릴 뻔한 적도 있었습니다.

행운아라고요?

어릴 때부터 저는 행운아라는 말을 귀에 못이 박힐 정도로 많이 들었습니다. 정작 저는 지옥에 사는 것 같았는데 말이죠. 제가 보기에는 저에게 행운아라고 말하는 사람들이 저보다 훨씬 편안하고 즐거워 보였습니다. 그런 사람들이 제가 가진 10가지 불행 가운데 하나라도 짊어진다면 그 하나만으로도 그 사람에게는 치명타가 될 거라고 생각했을 정도였죠.

하긴 제가 잘 몰라서 그런 것일지도 모르겠습니다. 주변 사람들의 고통이라는 것이 어떤 성질의 것인지 어느 정도의 고통인지 저는 도무지 짐작조차 못하겠으니까요. 사람들 말마따나 현실적인 고통이라는 것이, 그저 밥만 먹을 수 있으면 해결되는 고통이라는 것이, 어쩌면 가장 지독한 고통일지도 모릅니다. 제가 가진 10가지 불행 따위는 단번에 날려버릴 정도로 처참한 아비규환의 진짜 지옥인지도 모릅니다.

사실 저는 정말 모르겠습니다. 그렇게 고통스럽게 살면서도 자살하지도 않고 미치지도 않고 절망하지도 않고 사람들이 여전히 정치를 논하며 굴복하지 않는 걸 보면 이런저런 생각에 어지러워집니다.

사람들은 어쩌면 전혀 고통스럽지 않은 게 아닐까? 그들은 혹시 철저한 이기주의자인 건 아닐까? 단 한 번도 자신을 의심해 본 적이 없는 건 아닐까? 그렇다면 속이야 편하겠군. 인간이란 어쩌면 원래 다 그런 건지도 몰라. 밤이 되면 세상사고 뭐고 다 잊어버리고 쿨쿨 잠들었다가 아침이 되면 상쾌한 기분으로 일어나는 거지. 어쩌면 그렇게 사는 게 가장 잘 사는 것일지도 모르지.

하지만 그런 사람들은 무슨 꿈을 꿀까? 꿈을 꾸기는 할까? 길을 걸을 땐 무슨 생각을 할까? 돈? 아무리 돈이 좋다 해도 늘 그 생각만 하면서 살지는 않겠지. 먹기 위해서 산다는 말은 들어봤어도 돈을 위해 산다는 말은 들어본 적 없으니까. 아니다, 모르겠다.

생각할수록 저는 더욱 알 수가 없어져서 저만 혼자 돌연변이인 것만 같은 생각에 불안과 공포를 더욱 느끼게 됩니다. 그래서 저는 주위에 있는 사람들과 이야기를 제대로 나누지도 못합니다. 무엇을 어떻게 말해야 좋을지 도무지 알 수가 없으니까요.

광대 짓

그래서 생각해 낸 것이 광대 짓이었습니다. 인간을 향해 내민 제 마지막 구애였죠. 그렇게 인간을 두려워하면서도 도저히 그들을 떨쳐버릴 수 없었던 저는 그렇게 광대 짓이라는 가는 끈 하나로 인간들과 간신히 이어져 살았습니다. 겉으로는 끊임없이 웃고 있었지만 속으로는 필사적으로 이번에는 꼭 성공해야 할 텐데 하면서 조마조마 진땀을 흘리면서 말이죠.

저는 어릴 때부터 사람들이 얼마나 힘들게 사는지, 무슨 생각을 하면서 사는지 알 수가 없어서 그저 두렵기만 했습니다. 그것은 우리 가족들조차 마찬가지여서 저만 혼자 겉돌고 있는 것 같은 어색함을 견디다 못해 일찌감치 광대 신세가 되었습니다. 언제부터인지 확실히는 모르겠습니다만, 아마도 아주 일찍부터 저는 진심이라곤 단 한 마디도 말하지 않는 아이가 되어 있었던 겁니다.

가족들과 함께 찍은 당시 사진들만 봐도, 다른 식구들은 모두 진지한 표정인데 꼭 저만 혼자 얼굴을 별나게 뒤틀면서 웃고 있습니다. 이 역시 저의 유치하고 서글픈 광대 짓의 일종이었던 것이었겠지요.

저는 이제껏 가족들에게 말대꾸라는 것을 해본 적이 없습니다. 작은 잔소리조차 제게는 언제나 날벼락처럼 충격적이어서 말대꾸는커녕 그 잔소리야말로 대대손손 인간들이 지켜온 진리가 분명하며, 저는 그 진리를 행할 능력이 없으니 이제 더는 인간과 함께 살아갈 수 없을 거라고 믿게 되었던 것입니다.

그래서 저는 말싸움도, 변명도 전혀 하지 못했습니다. 누가 저에게 안 좋은 소리라도 하면, 그래 맞아, 내가 완전히 잘못 생각하고 있었구나 하면서 언제나 잠자코 공격을 받아들였던 거죠. 하지만 속으로는 늘 미칠 것 같은 공포를 느꼈습니다.

물론 누구나 다른 사람이 비난하거나 대놓고 화를 내면 기분이 좋지 않겠지만, 저는 그냥 기분이 좋지 않은 정도가 아닙니다. 저는 화내고 있는 인간의 얼굴에서 사자보다도, 악어보다도, 용보다도 훨씬 무시무시한 동물의 본성을 보는 것입니다.

인간들은 평소에는 그 본성을 숨기고 있다가 뭐든 빌미를 잡았다 싶으면 느닷없이 분노를 터뜨려 인간의 무시무시한 정체를 드러내는 겁니다. 풀밭에서 느긋하게 졸고 있던 소가 별안간 꼬리를 휘둘러 등에 붙은 등에를 철썩 때려죽이는 것처럼 말이죠. 그런 모습을 보면 저는 늘 머리털이 곤두설 정도로 벌벌 떨게 되고, 이런 본성 또한 인간이 갖춰야 할 자격일지도 모른다는 생각에 다시금 절망하곤 했습니다.

인간에 대한 두려움 때문에 늘 벌벌 떨면서, 인간으로서의 자신감이라고는 손톱만큼도 갖지 못한 채 저는 혼자만의 번민을 가슴 깊은 곳의 작은 상자에 꼭꼭 감춰두고, 그 깊은 우울과 긴장을 숨기고 또 숨겼습니다. 그리고 겉으로는 그저 천진난만하고 낙천적인 어린아이인 척하면서 저는 그렇게 익살스러운 괴짜로 완성되어 갔습니다.

어떻게든 인간들을 웃기기만 하면 돼. 그러면 인간들은 내가 그들의 삶 안에 있든 바깥에 있든 신경 쓰지 않을 테니까. 인간들의 눈에 거슬리지 않게 조심해야 해. 나는 아무것도 아니고 그저 바람이며 허공일 뿐이야.

그런 생각들이 자꾸만 더해져서 저는 가족을 웃기고, 또 가족보다 더 불가사의하고 더 무서운 하인들이며 하녀들한테 필사적으로 광대 짓 서비스를 했습니다.

한여름에 유카타 안에 빨간 털스웨터를 입고 복도를 돌아다녀 집안사람들을 웃긴 적도 있었습니다. 좀처럼 웃지 않는 큰형조차 그 모습을 보고는 웃음을 터뜨리며 귀여워 죽겠다는 듯 말했습니다.

"야, 요조, 지금 때가 어느 땐데!"

뭐, 저라고 더운지 추운지도 분간 못하는 바보라서 한여름에 털스웨터를 입고 다녔겠습니까! 그건 아닙니다. 누나의 레깅스를 양팔에 끼우고 유카타의 소맷자락 바깥으로 보이게 해서 스웨터를 입은 척한 거죠.

아버지는 도쿄에 볼일이 많은 분이라 우에노의 사쿠라기초에 따로 집을 마련해 거의 대부분 도쿄의 그 집에서 지냈습니다. 그러다 집에 돌아오는 날에는 가족은 물론이고 친척들한테 줄 것까지 선물을 정말 어마어마하게 많이 사들고 왔는데, 아마 그것은 아버지의 취미 비슷한 것이었을 겁니다.

언젠가 도쿄로 가시기 전날 밤이었습니다. 아버지는 사랑방에 아이들을 모아 놓고 다음에 돌아올 때 어떤 선물을 받고 싶은지 하나하나 모두에게 웃으며 묻고는 아이들의 대답을 일일이 수첩에 받아 적었습니다. 아버지가 아이들을 이렇게 살갑게 대하는 것은 참 드문 일이었습니다. 아버지는 저에게도 물었습니다.

"요조는 뭘 갖고 싶니?"

저는 말문이 막혀 대답하지 못했습니다. 뭘 갖고 싶으냐는 질문을 받는 순간 아무것도 갖고 싶지 않다는 생각이 들었고, 뭐든 무슨 상관이야, 어차피 날 기쁘게 해 줄 수 있는 건 아무것도 없다는 생각이 들었거든요.

그렇다고 제가 선물을 싫어하거나 거절한다는 뜻은 아닙니다. 누가 선물을 주면 아무리 제 취향에 맞지 않는 것이라 해도 거절하지 못하는 성격이었습니다. 싫은 걸 싫다고 말하지 못하는 것은 그렇다치더라도, 저는 마음에 드는 것조차 흠칫흠칫 남의 것을 도둑질이라도 하는 것처럼 지독히도 씁쓸하게 음미하다가 말로는 표현하지 못할 공포감에 몸부림칩니다.

결국 저에게는 좋고 나쁜 것을 선택하는 능력조차 없었던 것이죠. 이것이 훗날 저의 '참 부끄러운 삶'의 중대한 원인이 되었던 성격 중 하나였던 것 같습니다.

제가 머뭇거리면서 말을 하지 못하는 것을 보고 아버지는 언짢은 표정으로 말씀하셨습니다.

"넌 또 책이니? 아사쿠사에 있는 절 앞 상점가에서 사자춤 놀이에 좋은 사자탈을 팔던데 넌 그런 거 갖고 싶지 않아?"

갖고 싶지 않냐고? 이런 질문이 나오면 이제 다 틀린 겁니다. 익살스런 대답이고 뭐고 입에서 나오지가 않습니다. 광대 배우로서 완벽한 낙제입니다.

"책이 좋겠죠." 큰형이 진지한 표정으로 말했습니다.

"그렇군." 아버지는 김빠진 얼굴을 하고는 받아 적지도 않고 수첩을 탁 접었습니다.

앗! 이게 무슨 낭패란 말인가! 내가 감히 아버지를 화나게 하다니. 아버지는 무시무시한 복수를 할 게 분명해. 더 늦기 전에 어떻게든 만회할 방법을 찾아야 해. 아, 무슨 방법이 없을까?

저는 그날 밤 이불 안에서 덜덜 떨며 고민했습니다.

그러다가 살며시 일어나 사랑방으로 가서, 아까 아버지가 수첩을 넣은 책상 서랍에서 수첩을 꺼내 들고 후르르 책장을 넘겨 선물 목록이 쓰여 있는 페이지를 찾아냈습니다. 저는 수첩에 달린 연필에 침을 묻혀 제 이름 옆에 사자탈이라고 써넣고 나서 다시 자러 돌아갔습니다.

사자탈 따위 저는 전혀 갖고 싶지 않았습니다. 차라리 책이 나았습니다. 하지만 제게 사자탈을 사주고 싶어 하는 아버지의 마음을 안 이상 그 뜻에 따라 아버지의 기분을 풀어드려야 한다는 생각에 밤중에 몰래 사랑방으로 숨어드는 모험을 감행했던 것입니다.

저의 이 모험은 역시 생각대로 대성공이었습니다. 도쿄에서 돌아온 아버지가 어머니에게 큰 소리로 말하는 것을 저는 아이들 방에서 들었습니다.

"상점가 장난감 가게에서 수첩을 펼쳤더니 아, 글쎄, 여기 좀 봐. 사자탈이라고 적혀 있지? 이건 내 글씨가 아니잖아. 어떻게 된 영문인지 몰라 어리둥절하다가 퍼뜩 요조의 장난이라는 생각이 들더라고. 그 녀석이 내가 물어볼 땐 배시시 웃고만 있더니 뒤늦게 사자탈이 그렇게 갖고 싶어진 모양이지? 아무튼 엉뚱한 녀석이라니까. 아닌 척 시치미 뚝 떼고 있더니 이렇게 또박또박 적어 놓은 것 좀 봐요. 녀석두 참, 갖고 싶으면 갖고 싶다고 말을 할 것이지. 장난감 가게에서 내가 얼마나 웃었는지 모른다니까. 요조를 얼른 이리로 불러와요."

또 한 번은, 하인과 하녀들을 서양식 방에 모두 불러들여 하인 하나에게 피아노 건반을 마구잡이로 두들기게 해 놓고—시골에서 살고는 있었지만 우리 집은 웬만한 물건은 다 갖추고 있었습니다— 저는 그 엉터리 곡에 맞춰 인디언 춤을 추며 사람들을 웃겼습니다.

둘째 형이 플래시를 터뜨리며 인디언 춤을 추는 제 모습을 찍었는데 나중에 사진을 보니 허리에 두르고 있던 사라사 천의 포개지는 부분 사이로 제 작은 고추가 보이는 바람에 온 집안사람들이 배꼽을 잡았습니다. 저에게는 아무 노력도 하지 않고 뜻밖의 성공을 이룬 사례라 할 만한 일이었습니다.

저는 다달이 신간 소년잡지를 10권도 넘게 받아 보고 있었고, 그것 말고도 다양한 책을 도쿄에서 주문해 꾸준히 읽고 있었기 때문에 무슨 일이든 척척이었던 데다가, 괴담, 야담, 만담, 에도 재담 같은 것들도 훤히 꿰고 있었기 때문에 진지한 얼굴로 우스꽝스런 이야기를 해서 집안사람들을 웃기는 데에는 아무 부족함이 없었습니다.

하지만 학교는, 아!

학교에서 저는 존경받을 위기에 처해 있었습니다. 존경받는다는 관념 역시 저에게는 극심한 두려움이었습니다. '존경받는다'는 것은 거의 완벽하게 사람들을 속이다가 어떤 전지전능한 자에게 간파당해 산산조각으로 부서지고 죽음보다 더한 망신을 당하는 것이라고 생각했으니까요.

아무리 제가 사람들을 완벽하게 속여 존경받는다 하더라도 속지 않는 사람이 반드시 한 사람은 있을 겁니다. 그러다 나중에 다른 사람들도 그 사람의 말을 듣고 속았다는 사실을 깨달았을 때, 그들의 분노와 복수가 얼마나 무시무시할지 저는 상상만으로도 온몸의 털이 거꾸로 솟는 기분이었습니다.

부잣집 아들이라는 이유보다는 흔히들 말하는 공부

잘하는 아이라는 이유 때문이었습니다. 어린 시절부터 병약했던 저는 걸핏하면 한 달이고 두 달이고, 때로는 한 학년 가까이 방에 누워 지내며 학교를 쉰 적도 있습니다. 그런데도 겨우 자리를 털고 일어나 인력거에 몸을 싣고 학교로 가서 학년말 시험을 치면 결과는 늘 1등! 누구보다도 공부 잘하는 아이였던 것입니다.

평소 건강할 때도 저는 공부라고는 하지 않았고, 수업 시간에도 만화나 끼적이다가 쉬는 시간이면 그 만화를 보여주면서 아이들을 웃겼습니다.

작문 시간에는 웃기는 이야기만 써내서 선생님께 핀잔을 들었지만 그래도 그만두지 않았습니다. 선생님도 사실은 제가 써내는 우스운 이야기를 은근히 기다린다는 것을 알고 있었으니까요.

어느 날 저는 어머니를 따라 도쿄로 가는 기차 안에서 객차 통로에 놓여 있는 타구에 오줌을 싸 버린 실수담—물론 그게 타구인 줄 모르고 싼 게 아니었죠. 어린아이답게 천진난만한 척하느라 일부러 그런 것이었습니다—을 아주 처량한 문체로 써서 제출했습니다.

저는 선생님이 틀림없이 웃을 거라는 자신이 있었기

때문에 교무실로 돌아가는 선생님의 뒤를 몰래 따라갔습니다. 선생님은 교실을 나서자마자 다른 친구들의 작문 틈에서 제 작문을 끄집어내더니 복도를 걸으며 읽기 시작했습니다. 킥킥거리며 웃던 선생님이 교무실에 들어서자 얼굴을 벌겋게 물들인 채 껄껄껄 웃고는 곧바로 다른 선생님들에게도 읽으라고 권하는 모습을 보며 저는 아주 만족했습니다.

장난꾸러기

저는 장난꾸러기로 보이는 데 성공했습니다. 존경받을 위기에서 벗어난 겁니다. 성적표를 받으면 모든 과목이 10점 만점인데 품행 점수만 유독 6~7점인 것도 집안 사람들 사이에서는 큰 웃음거리가 되곤 했습니다.

하지만 제 본성은 그런 장난꾸러기와는 전혀 다른 것이었습니다. 그 무렵 이미 저는 하인과 하녀들을 통해 서글픈 행동을 알게 됐고 이미 그들에게 욕을 보기도 했습니다. 어린아이한테 그런 짓을 하다니, 그런 짓은 인간들의 모든 범죄 중에서도 가장 추악하고 천박하고 잔인한 범죄라고 저는 생각합니다.

하지만 저는 참았습니다. 그저 인간의 특성을 또 하나 보았다 생각하며 힘없이 웃을 뿐이었죠. 제가 사실을 곧

이곧대로 말하는 데 익숙한 아이였다면 그들의 범죄를 곧바로 부모님께 호소했겠지요. 하지만 저는 부모님조차 전혀 믿지 못했습니다. 무엇보다 인간에게 호소한다 하는 것에 손톱만큼의 기대도 없었습니다. 아버지에게 호소하고, 어머니에게 호소하고, 순경에게 호소하고, 정부에 호소해 봤자 결국 처세술에 능한 사람이 내뱉는 그럴싸한 변명에 놀아날 뿐이니까요.

인간에게 호소해 봐야 소용없어. 보나마나 편파적일게 뻔해. 입 꾹 다물고 사실 따위는 묻어 두는 게 좋아. 난 그저 광대 짓이나 계속하는 것 말고는 길이 없어.

뭐야? 지금 인간 불신을 말하고 있는 거야? 그런 거야? 언제부터 네가 기독교인이었지? 하며 비웃는 사람도 있을 겁니다. 하지만 인간을 향한 불신이 꼭 종교로 직결되는 건 아니지 않을까요? 사실 그렇게 비웃는 사람을 포함한 모든 인간들이 서로 믿는 척하면서도 실제로는 서로 불신하면서 여호와고 뭐고 전혀 상관없이 태연하게 잘 살지 않나요?

역시 제가 어렸을 때 일입니다. 아버지가 소속된 정당의 유명 인사가 우리 마을에 강연을 하러 온다기에 저도 그 강연을 들으러 하인들을 따라 극장에 갔습니다. 극장은 사람들로 꽉 들어차 있었고, 아버지와 친하게 지내는 우리 마을 사람들도 모두 구경 와서 열렬하게 박수도 치고 그랬습니다.

강연이 끝나 눈 내리는 밤길을 따라 삼삼오오 집으로 돌아가면서 사람들은 그날 밤의 강연에 대해 뒷담화를 하며 마구 헐뜯었습니다. 그 중에는 아버지와 막역하게 지내는 사람들의 목소리도 섞여 있었습니다. 아버지의 동지라는 사람들 역시 아버지의 개회사가 어설프기 짝이 없었다며 어찌나 시끄럽게 떠드는지 마치 다들 화가 난 것 같았습니다.

그랬던 사람들이 우리 집 사랑방에 들러서는 진심으로 기뻐하는 얼굴로 오늘 밤 강연은 대성공이었다고 아버지에게 말했습니다.

오늘 밤 강연회는 어땠느냐고 묻는 어머니에게 하인들까지도 아주 재미있었다고 천연덕스럽게 대답하더군요. 집으로 돌아오는 내내 세상 따분한 강연회였다며 한숨을 푹푹 내쉬었으면서 말이죠.

하지만 이런 건 어디까지나 아주 사소한 예일 뿐이죠. 서로 끊임없이 속고 속이면서도 신기하게 아무도 상처 입지 않으며, 그렇게 서로 기만하고 있다는 사실조차 깨닫지 못하는, 정말 눈부시다고 해야 할까, 그야말로 맑고 밝고 명랑한 불신의 예가 인간의 삶에는 얼마든지 많으니까요.

사실 저는 그렇게 서로 속고 속이는 데는 딱히 관심이 없습니다. 저 역시 광대 연기로 아침부터 밤까지 사람들을 속이고 있으니까요. 그러니 바른생활 교과서에나 나올 정의니 뭐니 하는 도덕에는 관심이 없습니다. 다만, 서로 기만하면서도 맑고 밝고 명랑하게 살아가는, 혹은 살아갈 자신이 있는 것처럼 보이는 사람들이 제게는 그저 난해할 따름입니다.

사람들은 끝내 그 비결을 제게 가르쳐 주지 않았습니다. 그 비결만 알았더라면 저는 인간을 이렇게까지 두려워하면서 아등바등 속이며 살지 않아도 됐을 텐데요. 인간의 삶과 대립하며 밤마다 지옥 같은 고통을 맛보지 않아도 됐을 텐데요.

제가 하인과 하녀들의 가증스러운 범죄조차 누구에게도 호소하지 못한 것은 인간을 향한 불신 때문이 아니라, 그리고 물론 기독교 사상 때문도 아니라, 인간들이 저 요조에게는 문을 굳게 닫아걸고 있었기 때문이라고 생각합니다. 아버지, 어머니마저도 저로서는 이해할 수 없는 모습을 때때로 제게 보이곤 했으니까요.

세상 누구에게도 호소하지 못하는 저의 고독한 향기를 여성들은 본능적으로 감지해 내는 모양인지 이런 성향은 훗날 제가 각양각색의 여자들에게 말려들게 된 요인 중 하나가 되었습니다. 여성들에게 저는 연애의 비밀을 지켜줄 수 있는 남자로 보였다는 뜻이겠지요.

두번째 수기

바닷가 학교

파도가 밀려와 부서진다고 해도 좋을 만큼 바다 가까운 곳에, 시커먼 줄기에 우람한 덩치의 산벚나무가 20그루 넘게 줄지어 서있습니다. 새 학년이 시작될 때면 산벚나무들은 갈색의 끈끈한 어린잎과 함께 파란 바다를 배경으로 눈부신 꽃을 피우고, 이윽고 눈처럼 꽃잎이 흩날리는 시기가 찾아오면 수없이 많은 꽃잎이 바다를 수놓으며 떠돌다 파도를 타고 다시 물가로 되돌아옵니다.

그 벚나무 모래톱을 고스란히 교정으로 사용하는 도호쿠 지방의 어느 중학교에 저는 제대로 시험공부를 하지 않고도 아무 문제 없이 무사히 입학했습니다. 그 중학교의 모자 휘장과 교복 단추에도 벚꽃 도안이 활짝 피어 있었습니다.

그 중학교 바로 앞에 먼 친척뻘 되는 사람이 살고 있어서 아버지는 저를 그 바다와 벚나무가 있는 중학교에 보낸 것입니다. 저는 그 친척 집에서 지내게 되었습니다. 집이 바로 학교 코앞이다 보니 아침 조회 시간을 알리는 종소리를 듣고서야 헐레벌떡 학교로 뛰어가는 게으른 학생이었지만 여기서도 광대 짓 덕분에 저는 반 친구들 사이에서 인기가 날로 높아졌습니다.

태어나서 처음으로 집을 떠났는데도 저는 그곳이 왠지 고향보다 훨씬 마음 편하게 느껴졌습니다. 어쩌면 그건, 제 광대 짓도 그때쯤에는 완전한 내 것이 되어 사람을 속이기가 전처럼 힘겹지 않았기 때문이라고 해석할 수도 있겠습니다. 하지만 그보다는 아무리 천재라도, 혹은 신의 아들인 예수라 해도 육친과 타인, 고향과 타향 사이에는 어쩔 수 없는 연기의 난이도 차이가 있기 때문일 것입니다.

배우에게 가장 연기하기 힘든 곳은 고향의 극장일 테고 게다가 일가친척이 모두 모여 있는 자리에서는 아무리 명배우라도 제대로 연기 실력을 발휘하기 힘들 테니까요. 그렇지 않을까요? 하지만 저는 그동안 그 속에서 연기해 왔습니다. 그것도 아주 성공적으로 말이죠. 그

련 능구렁이 같은 인간이 타향으로 나왔으니 만에 하나라도 연기에 실패할 일은 없었죠.

인간에게 느끼는 제 공포심은 여전히 제 가슴속에서 격렬하게 꿈틀거리고 있었지만 제 연기력만큼은 아주 놀랍도록 발전해서 교실에서는 늘 반 아이들을 웃겼습니다. 선생님들도 손으로 입을 틀어막고 웃어대면서 늘 이렇게 한탄하곤 했죠.

"이 반은 오바 요조만 없으면 아주 얌전한 반인데."

늘 천둥처럼 사납게 호통 치는 교련 담당 장교를 웃음 터지게 하는 일도 제게는 식은 죽 먹기였습니다. 이 정도면 정체를 완벽하게 은폐했다 싶어 마음을 놓으려는 순간, 정말 마른하늘에 날벼락이 친 것 같은 일이 벌어졌습니다. 뒤에서 공격하는 사람들이 다 그런 것처럼 그 아이도 그랬습니다. 반에서 가장 작은 그 아이는, 늘 푸르뎅뎅하고 부은 얼굴에, 아버지나 형이 입던 옷을 물려받았을 것이 뻔한, 쇼토쿠 태자나 입을 법한 소맷자락이 치렁치렁한 옷을 입고 있었습니다. 성적은 늘 꼴지였고, 교련이나 체육시간에는 늘 한구석에 앉아서 구경만 하는 백치 같은 아이였기 때문에 저도 그 아이까지는 경계할 필요가 없다고 생각했던 겁니다.

그날 체육 시간에 그 아이—성은 생각나지 않지만 이름은 다케이치였던 것으로 기억합니다—는 늘 그렇듯 땅바닥에 앉아서 구경하고 있었고, 우리는 철봉 연습을 하고 있었습니다.

저는 일부러 최대한 심각한 표정으로 '에잇!'하고 소리를 지르면서 철봉을 향해 펄쩍 뛰어오르는 척하다가 그대로 멀리뛰기 하듯 앞으로 튕겨 나가 모래밭에 쿵 하고 엉덩방아를 찧었습니다. 물론 계획된 실수였죠.

다들 까르르 웃어댔고 저도 쓴웃음을 지으며 일어나 바지에 묻은 모래를 툴툴 털어내고 있는데 언제 왔는지 다케이치가 제 등을 쿡 찌르며 낮은 목소리로 이렇게 속삭였습니다.

"일부러 그랬지?"

그건 정말 엄청난 충격이었습니다. 몸이 부르르 떨렸습니다. 다른 사람도 아닌 다케이치에게 들킬 줄은 정말 꿈에도 몰랐습니다. 저는 세상이 한순간에 지옥 불에 휩싸여 훨훨 타오르는 꼴을 바로 눈앞에서 본 것 같았습니다. '으아악!'하고 비명이 터져나오려는 것을 죽을힘을 다해 억눌렀습니다.

불안과 공포의 나날들

그런 일이 일어난 뒤에도 여전히 저는 서글픈 광대 짓으로 사람들을 웃기고 있었습니다. 하지만 문득문득 새어나오는 무거운 한숨까지 막을 수는 없었습니다.

내가 무슨 짓을 하건 다케이치는 다 알아차릴 테지. 그러다 언젠가는 다른 사람들에게 떠벌리고 다닐 거야.

그런 생각이 들 때마다 이마에 진땀이 흘렀고 저는 미친 사람처럼 괴상한 눈빛으로 주위를 살폈습니다. 아침부터 저녁까지 다케이치 옆에 딱 붙어서 그가 비밀을 말하지 못하게 감시하고 싶었고, 제 광대 연기가 일부러 한 게 아니라 진짜였다고 믿게 하고 싶었습니다.

그 녀석과 아예 단짝이 될 수도 있지 않을까 하는 마음도 있었고, 결국 제 모든 노력이 수포로 돌아간다면 그때는 녀석이 죽기를 기도하는 수밖에 없지 않을까 하는 생각마저 들었습니다.

하지만 절대로 그 녀석을 죽이겠다는 생각은 하지 않았습니다. 저는 지금껏 살아오면서 몇 번인가 누가 저를 죽여주길 바란 적은 있었지만 누굴 죽이고 싶다고 생각해 본 적은 한 번도 없습니다. 그건 상대를 오히려 행복하게 해 줄뿐이라고 생각하니까요.

저는 다케이치를 제 편으로 만들려고 얼굴 가득 가짜 기독교인 같은 상냥한 웃음을 머금고 고개를 30도 정도 왼쪽으로 기울인 다음 녀석의 빈약한 어깨를 가볍게 안으며 최대한 달콤한 목소리로 우리 집에 놀러 오라고 말했습니다. 몇 번이나 그렇게 했지만 녀석은 늘 멍한 눈으로 쳐다만 볼 뿐 대답이 없었습니다.

그러던 어느 날, 아마 초여름 무렵이었을 겁니다. 수업을 마치고 집에 가려고 나섰는데 갑자기 소낙비가 쏟아졌습니다. 아이들은 집에 어떻게 가야 할지 막막한 표정으로 서있었지만 저야 엎어지면 코 닿을 데에 살고 있었으니 망설일 것도 없었죠. 그때 문득 신발장 뒤쪽에 잔뜩 풀이 죽어 서있는 다케이치를 발견했습니다.

"같이 가자, 우산 빌려줄게."

저는 쭈뼛대는 다케이치의 손을 잡아 끌고 함께 소낙비 속을 달렸습니다. 집에 도착하자 아주머니께 우리 두 사람의 겉옷을 말려달라고 부탁해 놓고 다케이치를 2층에 있는 제 방으로 드디어 끌어들였습니다.

그 집 식구는 셋이었습니다. 50 넘은 아주머니, 30세쯤 되는 키 큰 누나—이 누나는 안경을 끼고 있었고, 몸이 좀 아픈 것 같았는데, 한 번 시집을 갔다가 다시 돌아온 사람이었습니다. 저는 이 누나를 이 집 사람들이 부르는 대로 아네사라고 불렀습니다— 그리고 이제 막 여학교를 졸업한 셋짱은, 언니와는 딴판으로 키가 작고 얼굴이 둥글둥글했습니다.

1층에 있는 가게에서 문구며 운동용품을 팔긴 했지만 주 수입원은 돌아가신 아저씨가 남겨놓은 허름한 공동주택 대여섯 동에서 나오는 집세인 것 같았습니다.

"비 맞았더니 귀 아파."

다케이치가 선 채로 말했습니다. 들여다보니 양쪽 귀 모두 염증이 어찌나 심한지 당장이라도 고름이 귓바퀴 바깥으로 흘러내릴 기세였습니다.

"큰일 났네, 많이 아프지?"

저는 호들갑스럽게 깜짝 놀라주고 나서 곧바로 여자처럼 상냥하게 사과했죠.

"비 오는데 억지로 끌고 와서 미안해."

저는 아래층에서 솜과 알코올을 얻어와 제 무릎에 다케이치를 누이고 정성스럽게 귀를 닦아주었습니다.

다케이치도 설마 이것까지 계산된 못된 계략이라는 건 눈치 채지 못했는지 아부랍시고 말했습니다.

"여자들이 너한테 홀딱 반하겠다."

아마 다케이치도 그때는 미처 의식하지 못한 일이었겠지만, 그 말이 결국 무시무시한 악마의 예언이었다는 것을 저는 훗날 깨닫게 되었습니다.

제가 반하건 누가 저에게 반하건, 반한다는 말 자체가 참 천박하고, 분별없고, 자아도취적입니다. 아무리 엄숙한 자리라도 이 말 한마디가 불쑥 얼굴을 들이밀면 순식간에 고독의 사원은 무너져버리고 그저 밋밋한 폐허가 되어버릴 것만 같은 기분이 드니까요. 그런데 '홀딱 반해서 오는 괴로움' 같은 속된 표현도 '사랑받는 불안' 같은 식의 문학적인 표현으로 바꾸면 또 고독의 사원이 무너질 일은 전혀 없을 것 같으니 참 묘한 일입니다.

귀의 고름을 닦아주는 동안 다케이치는 여자들이 저에게 홀딱 반할 거라며 멍청한 아부를 했습니다. 그때 저는 그냥 얼굴만 살짝 붉힌 채 웃었지만 속으로는 살짝 짚이는 데가 있긴 했습니다.

하지만 '여자들이 홀딱 반하겠다'는 저속한 말에서 풍기는 자아도취적인 분위기 속에서 짚이는 데가 있다고 표현하는 것은 아마 철없는 바람둥이의 코미디 대사로도 못 써먹을 유치한 감정의 표현일 겁니다. 그러니 설마 제가 그런 분별없고 자아도취적인 기분으로 짚이는 데가 있다고 표현한 것은 아닙니다.

여자는 저에게 남자보다 몇 배나 난해한 존재였습니다. 저는 어릴 때부터 여자들하고만 놀며 자랐다고 해도 좋을 정도입니다. 우리 가족만 해도 남자보다 여자가 많고, 친척 중에도 여자가 더 많고 게다가 어린 저에게 범죄를 저지른 하녀들도 있고 해서 말이죠.

저는 그 여자들과 어울리는 동안 늘 살얼음판을 걷는 심정이었습니다. 여자들은 도무지 종잡을 수가 없어서 가끔 호랑이 꼬리를 밟는 실수를 할 수밖에 없었는데 그때마다 끔찍한 상처를 입었거든요. 그건 남자들의 채찍질과는 전혀 다른 것이었습니다. 마치 뇌출혈처럼 극도로 불쾌하게 내면을 공격하여 좀처럼 치유되기 힘든 상처를 남기는 것이었습니다.

여자는 끌어당겼다가 밀어낸다.

여자는 다른 사람들이 있는 데서는 나를 멸시하고 매몰차게 대하다가 아무도 없으면 끌어안는다.

여자는 죽은 것처럼 깊이 잔다.

여자는 자기 위해 사는 게 아닐까?

저는 어린 시절에 이미 여자에 관한 다양한 관찰 결과를 얻어냈는데, 여자는 같은 인류인 것 같으면서도 남자와는 전혀 다른 생명체라는 느낌이었습니다.

그런데 정말 이상한 건, 이 불가사의하고 방심할 수 없는 존재들이 늘 저를 돌봐준다는 겁니다. 반한다거나 좋아한다는 식의 표현은 사실 제 경우에는 전혀 어울리지 않는 표현이고, 아마도 돌봐준다는 표현이 가장 적절한 표현일 겁니다.

여자들은 남자들보다 저의 광대 짓에 훨씬 더 쉽게 마음을 여는 것 같았습니다. 남자들은 계속 껄껄 웃어주지도 않았고, 남자들 앞에서 도를 넘은 광대 연기를 하면 실패한다는 것을 저도 알고 있었기 때문에 반드시 적당한 선에서 마무리했습니다.

하지만 여자들은 도무지 적당한 선이라는 게 없어서 저는 늘 파김치가 되도록 광대 짓을 해야 했습니다. 여자들은 정말 잘도 웃어댑니다. 아마도 여자는 남자보다 더 쾌락을 탐하고 소화해 낼 수 있는 것 같습니다.

중학생 때 신세를 진 그 집 자매도 틈만 나면 2층 제 방으로 놀러오곤 했습니다. 그때마다 저는 얼마나 소스라치게 놀라고 두려움에 떨었는지 모릅니다.

"공부해?"

"아니."

저는 웃으며 책을 덮습니다.

"오늘 학교에서, 지리 선생님 별명이 몽둥인데……"

그렇게 저는 당장 마음에도 없는 우스갯소리를 술술 풀어놓기 시작하곤 했죠.

어느 날 밤, 셋짱이 아네사와 함께 제 방으로 놀러와 실컷 광대 짓을 시키고 나더니 다짜고짜 말했습니다.

"요조, 안경 써봐."

"왜?"

"이유는 알 거 없고 그냥 아네사 언니 안경 써봐."

셋짱은 늘 이렇게 거칠게 명령조로 말했습니다. 광대는 순순히 아네사 누나의 안경을 썼습니다. 그러자 두 여자는 방바닥을 데굴데굴 구르며 웃어댔습니다.

"똑같아. 로이드랑 똑같아."

당시 해럴드 로이드라는 서양의 희극배우가 일본에서 한창 인기를 끌고 있었습니다.

내친김에 저는 일어나서 한 손을 들고 말했습니다.

"여러분! 이렇게 일본의 팬 여러분께……"

한바탕 인사를 하니 또다시 웃음바다가 되었습니다. 그 다음부터 저는 로이드의 영화가 동네 극장에서 상영될 때마다 보러 가서 몰래 그의 표정이며 행동, 목소리 같은 걸 연구하곤 했지요.

또 어느 가을밤에는 누워서 책을 읽고 있는데 아네사 누나가 새처럼 쪼르르 제 방으로 들어오더니 별안간 이불 위에 쓰러져 울음을 터뜨리는 것이었습니다.

"요조, 넌 날 도와줄 거지? 그렇지? 이런 집 따위, 나가버릴 거야. 도와줘, 도와줘, 응?"

아네사는 격렬하게 내뱉듯이 말하고는 다시 울기 시작했습니다. 저야 뭐, 여자들이 이런 식으로 행동하는 것을 보는 게 처음도 아니었기 때문에 아네사 누나의 과격한 말에 놀라기는커녕 오히려 그 진부하고 알맹이 없는 내용에 김빠진 기분이었습니다.

저는 가만히 일어나서 마침 책상 위에 놓여 있던 감을 깎아 아네사 누나에게 한 조각 건네주었습니다. 아네사 누나는 흑흑 흐느끼면서도 감을 받아 먹더니 이렇게 말했습니다.

"재미있는 책 있으면 좀 빌려줘."

저는 나쓰메 소세키의 《나는 고양이로소이다》라는 책을 책장에서 꺼내 주었습니다.

"잘 먹었어."

아네사 누나는 쑥스럽게 웃으며 방을 나갔습니다.

아네사 누나만 그런 게 아닙니다. 여자들의 심리 상태는 도대체 알 수가 없습니다. 차라리 지렁이의 머릿속을 탐색하는 것이 여자들의 심리 상태를 헤아리는 것보다는 덜 까다롭고 덜 귀찮고 덜 끔찍할 것이라는 생각이 들 정도입니다. 그나마 다행인 것은 여자들이 그렇게 느닷없이 울음을 터뜨릴 땐 뭐든 달콤한 음식을 주면 그것을 먹고 마음이 풀린다는 것을 제가 어릴 때부터의 경험으로 알고 있다는 것이었습니다.

심지어 셋짱은 툭하면 자기 친구들까지 제 방으로 끌고 왔습니다. 그럴 때마다 저야 늘 하던 대로 그들을 웃겨 주었죠. 그런데 친구들이 돌아가고 나면 셋짱은 꼭 그 친구들 험담을 했습니다. 그 애는 불량소녀니까 조심해야 한다는 식으로 다짐하는 겁니다. 그럴 거면 왜 굳이 데려오는지 정말 알다가도 모를 일입니다. 아무튼 덕분에 제 방을 찾는 손님들은 거의 대부분이 여자가 되고 말았습니다.

그렇다고 '여자들이 홀딱 반하겠다'던 다케이치의 아부가 실현됐던 것은 절대로 아니었습니다. 그때까지는 아직 일본 도호쿠 지방의 해럴드 로이드일 뿐이었죠. 다케이치의 멍청한 아부가 불길하고 저주받을 예언으로 생생하게 제 모습을 드러낸 것은 그로부터 몇 년 지난 뒤의 일이었습니다.

괴물 그림

다케이치가 저에게 준 선물이 또 하나 있습니다. 그건 제 일생에 가장 중요한 것이었습니다.

언젠가 다케이치가 원색판 삽화 1장을 가지고 제 방에 놀러왔습니다. 그는 우쭐한 얼굴로 말했습니다.

"괴물 그림이야."

앗! 순간적으로 그런 느낌이었습니다. 이제와 돌이켜 생각해 보면 저의 끝없는 추락이 바로 그 순간에 결정된 것만 같은 생각이 강하게 듭니다.

물론 저는 그 그림이 고흐의 유명한 자화상이라는 것을 알고 있었습니다. 그 당시 일본에서는 프랑스의 인상파 그림이 크게 유행했습니다. 서양화 감상의 첫걸음을 보통 그런 선에서 시작했기 때문에 고흐, 고갱, 세잔느,

르누아르 같은 화가들의 그림은 시골 중학생이라도 사진으로 많이 봐서 잘 알고 있었습니다.

저 역시 고흐의 원색판은 워낙 많이 봤고 그 재미난 터치며 선명한 색채가 흥미롭다고 생각하긴 했지만 그 그림이 '괴물' 그림이라고는 단 한 번도 생각해 본 적이 없었습니다.

"그럼 이건 어때? 이것도 괴물이야?"

저는 책장에서 모딜리아니의 화집을 꺼내 볕에 그을린 구릿빛 피부의 그 유명한 나부상을 다케이치에게 보여줬습니다.

"우와! 굉장한데. 지옥의 말 같아!"

다케이치는 눈을 동그랗게 뜨고 감탄했습니다.

"이것도 역시 괴물이라는 거야? …… 나도 이런 괴물 그림 그리고 싶은데."

인간을 두려워하는 사람일수록 오히려 더 무시무시한 요괴의 모습을 제 눈으로 똑똑히 보고 싶어 하는 법이다. 신경질적이고 겁 많은 사람일수록 폭풍우가 더욱 거세지기를 기도하는 법이다.

아, 그랬구나. 이 화가들은 인간이라는 괴물에게 상

처 입고 지독한 두려움에 시달린 끝에 마침내 환영을 믿게 되어 대낮의 자연 속에서 생생하게 요괴를 보았던 거구나. 게다가 그들은 나처럼 광대 짓 따위로 얼버무리지 않고 눈에 보이는 그대로 용감하게 괴물 그림을 그려버렸다.

미래의 내 동지가 여기 있다는 생각에 저는 눈물이 날 정도로 흥분해서, 왜 그랬는지 모르겠지만 아무튼 목소리를 한껏 낮춰 다케이치에게 말했습니다.

"나도 그릴 거야. 나도 괴물 그림을 그릴 거야. 나도 지옥의 말을 그릴 거라고."

저는 초등학생 때부터 그림 그리는 것도 좋아하고, 그림을 보는 것도 좋아했습니다. 하지만 제 그림은 작문만큼 평가가 좋지는 않았습니다. 저는 애당초 인간의 언어는 전혀 믿지 않았기 때문에 작문은 제게 그저 광대 짓의 예고편과 비슷한 것일 뿐이라, 초등학교에 이어 중학교까지 내내 선생님들을 미친 듯 웃게 만들었지만 정작 저는 하나도 재미가 없었습니다.

하지만 그림만큼은—만화는 또 별개지만— 대상을 어떻게 표현할지 나름대로 꽤 고심하면서 그렸습니다.

학교의 미술책은 시시하고 선생님의 그림 솜씨라는 것도 형편없어서 저는 순 엉터리라도 이것저것 표현법을 스스로 연구해서 시도해야만 했습니다.

중학생이 되면서 저는 유화 도구를 모두 갖추었습니다. 저는 인상파 그림의 붓 터치 기법을 흉내 내 보려고 애썼지만 제가 그린 그림은 그저 전통 색지 공예품처럼 밋밋해서 작품이 될 가능성이 별로 없어 보였습니다. 그런데 다케이치의 말을 듣고 그때까지 그림을 대하는 제 마음가짐이 완전히 잘못되었다는 걸 깨달은 겁니다.

아름다운 것을 아름답게만 표현하려고 애쓰는 것은 얼마나 단순하고 어리석은가! 거장들은 아무것도 아닌 것을 자신만의 눈으로 아름답게 재창조하기도 하고 추한 것에 욕지기를 느끼면서도 호기심을 감추지 않고 표현하는 기쁨에 젖습니다.

타인의 생각에 전혀 휘둘리지 않는다!

중요한 것은 바로 그거였죠. 그림 그리는 가장 근본적인 비법을 다케이치한테서 전수받은 저는 수시로 찾아오는 여자 손님들 몰래 찔끔찔끔 자화상 그리기 작업을 시작했습니다. 마침내 그림이 완성되었습니다. 제가 봐도 섬뜩할 정도로 음침한 그림이었습니다.

이건 가슴 깊은 곳에 꼭꼭 숨겨 두었던 내 진짜 모습이야. 겉으로는 늘 밝게 웃으며 사람들을 웃기고 있지만 내 안에는 이런 음울한 심리가 도사리고 있는 거야.

어쩔 수 없는 일이라고 혼자 남몰래 인정하면서도 다케이치 말고는 누구에게도 그 그림을 보여주지 않았습니다.

제 광대 짓의 밑바닥에 깔린 음침한 모습을 들키면 사람들이 돌변해 쩨쩨하게 경계하게 될 것도 싫었고, 아니면 이것이 제 정체인 줄은 꿈에도 모르고 이 역시 새로운 광대 짓이라 생각하고 웃음거리로 삼을지도 모른다는 염려도 있었습니다. 그렇다면 그것은 저에게 얼마나 괴로운 일일까요! 그래서 저는 그림을 곧바로 벽장 깊숙한 곳에 숨겨 두었습니다.

학교 미술 시간에도 저는 괴물식 기법은 꽁꽁 숨겨둔 채 지금껏 해 온 대로 아름다운 것을 아름답게 그리는 지극히 평범한 기법으로 그림을 그렸습니다.

저는 전부터 다케이치한테만큼은 쉽게 상처 입는 제 모습을 보여주었기 때문에 이번 자화상도 그에게만큼은 마음 놓고 보여주었고 그에게서 큰 칭찬을 받았습니다. 그리고 괴물 그림을 2장, 3장 잇달아 그렸다가 다케이치한테서 또 하나의 예언을 듣게 됐습니다.

"넌 훌륭한 화가가 될 거야."

바보 다케이치의 두 예언

여자들이 홀딱 반할 거라는 예언과 훌륭한 화가가 될 거라는 예언! 바보 다케이치가 내려 준 이 두 예언을 낙인처럼 이마에 새긴 채 저는 도쿄로 올라왔습니다.

저는 미술학교에 진학하고 싶었지만 아버지는 전부터 저를 고등학교에 보내 장차 관리로 만들 생각이었고 저에게도 그렇게 못 박아뒀기 때문에 미술학교 얘기는 꺼내보지도 못하고 멍하니 아버지가 하라는 대로 따랐습니다.

아버지는 4학년 때부터 시험을 쳐보라고 하셨습니다. 그때쯤에는 저도 벚꽃과 바다의 중학교에 싫증났던 참이라 4학년을 수료한 상태에서 5학년에 진급하지 않고 도쿄의 고등학교에 시험을 쳐서 합격했습니다.

도쿄에 도착하자마자 저는 곧바로 고등학교 기숙사에 들어갔습니다. 아, 그런데 방이 어찌나 더럽고 거칠고 조잡하던지 저는 숨이 턱 막히는 기분이었습니다. 저는 광대 짓이고 뭐고 다 팽개치고 의사한테 가서 폐결핵 진단서를 받아내어 기어이 기숙사를 나왔습니다. 그리고 우에노 사쿠라기초에 있는 아버지의 별장으로 거처를 옮기게 되었습니다.

단체 생활이라는 것이 제 성격으로는 절대로 불가능한 것이었습니다. 게다가 다른 친구들이 청춘의 감격이니 젊은이의 자긍심이니 하며 떠들어대는 말을 들으면 소름이 끼쳐서 그 하이스쿨 스피릿인지 뭔지를 저는 도저히 따라잡을 수가 없었습니다. 교실이고 기숙사고 온통 뒤틀린 성욕의 쓰레기통 같았고, 제 완벽에 가까운 광대 연기도 그곳에서는 전혀 통하지 않았습니다.

아버지는 1달에 1~2주 정도 의회가 열리지 않을 때만 그 집에 머물렀습니다. 그래서 나머지 2~3주 동안에는 그 넓은 집에 별장지기 노부부와 저, 이렇게 세 사람뿐이었습니다. 아버지가 집을 비울 때면 저는 가끔 학교를 쉬었습니다. 그렇다고 딱히 도쿄 구경을 나설 마음도 없어서 도쿄에 살면서도 결국 메이지 신궁도, 구스토키 마사시계의 동상도, 센가쿠지의 47인의 사무라이 묘도 못 보고 끝날 것 같았습니다. 저는 집에서 종일 책을 읽거나 그림을 그리며 지냈습니다.

아버지가 도쿄로 올라와 집에 머무는 동안에는 물론 매일 아침 서둘러 등교했지만, 사실은 학교로 가지 않고 혼고 센다기초에 있는 서양화가 야스다 신타로 씨의 화방에 가서 3~4시간씩 데생 연습을 하곤 했습니다.

고등학교 기숙사에서 빠져나온 다음부터는 학교 수업을 들어도 저는 마치 청강생인 것 같은 기분이었습니다. 저만 혼자 다른 위치에 떨어져 있는 것 같았죠.

그냥 제 생각이 삐딱한 탓이었는지도 모르겠습니다. 하지만 누가 뭐라는 것도 아닌데 괜히 혼자 어색하다 보니 저는 점점 더 학교에 가기 싫어졌습니다. 초등학교, 중학교, 고등학교까지 다니면서 저는 단 한 번도 애교심이라는 것을 느껴본 적이 없습니다. 교가 같은 것도 외워보려 한 적이 단 한 번도 없습니다.

그러다 저는 그 화방에 다니던 어느 학생에게서 술과 담배, 매춘부와 전당포, 그리고 좌익 사상을 배우게 되었습니다. 참 얄궂은 일이지만 사실입니다.

호리키 마사오라는 그 학생은 도쿄의 서민 동네에서 태어났고 저보다 6세 연상이었습니다. 그는 사립 미술 학교를 졸업했지만 집에 아틀리에가 없어서 이 화방에 다니며 서양화 공부를 계속하고 있다고 했습니다.

"5엔만 빌려줄래?"

그가 저에게 처음 건넨 말입니다. 서로 얼굴은 알지만 그때까지 말 한 번 섞어본 적 없는 사이였습니다. 저는 어쩔 줄 몰라 쩔쩔매며 5엔을 내밀었습니다.

"좋아, 같이 한 잔 하러 가자. 내가 한 턱 쏠게. 참 잘 생긴 친구네."

저는 차마 거절하지 못하고 화방에서 가까운 호라이초의 카페로 끌려갔습니다. 그것이 그와 만나게 된 운명의 시작이었습니다.

"내가 전부터 죽 지켜보고 있었는데, 그거 말이야, 수줍게 웃는 네 얼굴. 그건 장래성 있는 예술가 특유의 표정이거든. 친해진 기념으로 건배! 기누 씨, 이 녀석 좀 봐! 진짜 굉장한 미남이지? 그렇다고 반하면 안 돼. 이 녀석이 우리 화방에 오는 바람에 내가 2등 미남으로 밀려났다니까."

호리키는 약간 가무잡잡한 피부에 단정한 얼굴이었습니다. 미술학도치고는 드물게 양복을 말끔하게 차려입고 다니는 데다 넥타이 취향도 은근하고, 머리는 포마드를 발라 한가운데에서 반으로 갈라 전체적으로 깔끔한 인상이었습니다.

낯선 장소에서 낯선 사람들에 둘러싸여 있는 것이 어찌나 무섭던지 저는 팔짱을 꼈다 풀었다 하며 말 그래도 수줍게 웃고만 있었는데 맥주가 두어잔 들어가고 나니 이상하게 해방된 듯 홀가분한 기분이 들었습니다.

"나도 미술학교에 입학하려고 했는데……"

"아니야, 따분해. 그런 데는 정말 따분해. 학교라는 데가 원래 따분한 데긴 하지만 말이야. 우리의 스승은 자연 속에 있어! 자연을 향한 정열!"

저는 그의 말을 들으며, 참 웃기는 인간이네, 보나마나 그림 솜씨도 형편없겠지, 하지만 어울려 놀기에는 괜찮은 상대일지도 모르겠다고 생각했습니다. 그는 제가 태어나서 처음 만난 진정한 도회지의 놈팡이였습니다.

형태는 다르지만 세상 사람들의 삶에서 완전히 유리되어 방황하고 있다는 점에서는 분명히 그는 저와 같은 부류였습니다. 단지 그는 자신의 광대 짓을 전혀 의식하지 못하고 있었고, 더구나 그 광대 짓의 비참함을 조금도 깨닫지 못하고 있다는 점이 저와는 본질적으로 다른 부분이었습니다.

그냥 노는 상대로 만나는 것뿐이라며 늘 그를 경멸하고 때로는 그와 어울리는 걸 창피하게 생각하면서도 결국 저는 이 남자에게까지 박살이 나고 말았습니다. 처음에 저는 이 남자가 드물게 보는 호인이라고 믿었습니다. 그래서 인간을 그토록 두려워하는 저도 그에게는 마음을 놓았고, 좋은 도쿄 안내자가 생겼다고만 생각했습니다.

사실 그동안 저는 혼자서는 무서워서 아무 데도 갈 수가 없었습니다. 전철을 타면 차장이 무섭고, 가부키 극장에 가면 현관 정면에 깔린 빨간색 양탄자 양측에 서 있는 안내 아가씨들이 무섭고, 레스토랑에 가면 제 등 뒤에 조용히 서서 접시가 비워지기만을 기다리는 웨이터가 무서웠습니다.

아, 그중에서도 가장 무서운 것은 계산할 때의 제 어색한 손입니다. 제가 구두쇠라서 그러는 게 정말 아닙니다. 그런데도 저는 물건을 사고 돈을 낼 때면 극심한 긴장과 창피함, 불안과 공포 때문에 어찔어찔 현기증이 나고 세상이 캄캄해지면서 거의 미친 사람처럼 되는 겁니다.

값을 흥정하기는커녕 거스름돈을 받는 것도 잊어버리질 않나, 산 물건을 두고 오질 않나, 제가 온종일 집 안에서만 뒹굴뒹굴하고 있었던 것도 혼자서는 도저히 도쿄 거리를 쏘다닐 엄두도 못 냈기 때문입니다.

그런데 이제 호리키에게 제 지갑을 맡기고 함께 돌아다니기 시작하자 그런 걱정이 싹 없어졌습니다. 호리키는 가격 흥정도 잘하고, 비싼 택시는 거들떠 보지도 않고 전차, 버스, 통통배 같은 대중교통을 적절히 이용하는 등 적은 돈으로 최대의 효과를 냈습니다.

매춘부한테 갔다가 아침에 돌아오는 길에는 무슨 무슨 요정에 들러 아침 목욕도 하고 데친 두부 안주에 가볍게 술을 한 잔 걸쳐야 한다며 현장학습도 시켜주었습니다. 값 싸게 호사스런 느낌을 받는 데는 그만한 게 없다면서 말이죠.

포장마차에서 파는 소고기덮밥과 꼬치구이는 싸고 영양 만점이라는 둥, 빨리 취하는 데는 덴키브란—브랜디를 기본으로 한 칵테일 말이죠—이 최고라는 둥 끊임없이 설교를 해댔습니다. 어쨌거나 그와 함께 다니는 동안에는 계산 문제로 불안이나 공포를 느낀 적은 한 번도 없었습니다.

호리키와 어울리면서 좋았던 점이 또 하나 있었습니다. 호리키는 듣는 사람의 생각 따위는 아예 무시한 채 자신의 정열이 터져 나오는 대로—어쩌면 정열이란 것 자체가 상대를 무시하는 것인지도 모르겠습니다만—하루 온종일 시답잖은 소리를 떠들어댔기 때문에 두 사람 사이에 어색한 침묵이 끼어들 염려가 전혀 없다는 점이었습니다.

사실 사람을 대할 때마다 제가 죽기 살기로 광대 짓을 했던 것도 따지고 보면 그 무시무시한 침묵이 등장할까 무서워서 그랬던 거였는데 이제는 바보 호리키가 본인은 의식하지도 못한 채 알아서 광대 짓을 대신해 주니 저는 대답도 건성건성, 그저 흘려들으면서 가끔 그래? 정말? 설마, 하고 장단이나 맞춰주며 웃기만 하면 됐으니까요.

술, 담배, 그리고 매춘부

저는 술, 담배, 매춘부 같은 것들이 모두 인간을 향한 공포심을 아주 잠시나마 잊게 해주는 좋은 수단이라는 것을 차츰 알게 되었습니다. 그것들만 구할 수 있다면 제가 가진 것을 다 팔아버려도 후회 없을 거라는 생각까지 들었습니다.

저에게 매춘부는 인간도 여자도 아닌 그저 백치나 미친 사람이었습니다. 그래서 오히려 그 품 안에서 마음 놓고 푹 잘 수 있었던 거였죠. 그들은 하나같이 정말 마음 아플 정도로 욕심이라는 게 전혀 없었습니다. 그리고 그들은 저에게서 비슷한 부류라는 친근감 같은 것을 느끼는지 만나는 매춘부들마다 늘 제게 부담스럽지 않을 정도의 자연스러운 호의를 보여주었습니다.

아무것도 계산하지 않는 호의, 억지가 아니라 마음에서 우러나는 호의, 두 번 다시 오지 않을지도 모르는 사람을 향한 호의 말입니다.

실제로 저는 어느 밤엔가 그 백치 같기도 하고 미친 사람 같기도 한 매춘부에게서 마리아의 후광을 목격한 적도 있었습니다.

그런데 제가 하룻밤의 얄팍한 휴식 속에서 인간을 향한 공포심을 잊어보려고 매춘부들을 찾아다니는 동안 어느새 저에게서 어떤 역겨운 분위기가 생겨난 모양이었습니다. 저로서는 전혀 생각지도 못한 덤이었죠. 그런데 점점 그 덤이 선명하게 표면으로 떠오르면서 호리키가 그 점을 지적했던 것입니다.

역시 여자를 알려면 매춘부를 통해 아는 게 가장 효과가 좋다더니 어느새 저에게서 선수의 냄새가 감돌아 여자들이—매춘부뿐만 아니라—본능적으로 그 냄새를 맡고 다가온다는 것이었습니다.

저는 몹시 놀랐고 불쾌했습니다. 매춘부들을 만나는 동안 어느새 추잡스럽고 불명예스러운 분위기를 덤으로 얻은 것입니다. 그리고 그쪽이 제가 얻는 잠깐의 휴식보다 훨씬 더 많이 눈에 띄는 모양이었습니다.

호리키는 아마도 칭찬이랍시고 그런 말을 했겠지만 저로서는 뜨끔해서 가슴이 짓눌리듯 갑갑했습니다. 생각해 보니 찻집 아가씨한테서 유치한 편지를 받은 적도 있고, 사쿠라기초의 이웃집 장군 댁 스무 살 남짓한 딸이 아침마다 제가 등교할 때 특별히 볼일도 없이 옅은 화장을 하고 자기 집 문 앞을 들락날락하고, 소고기를 먹으러 가면 식당 종업원이……, 단골 담배 가게의 아가씨가 내민 담뱃갑 안에……, 가부키를 보러 가면 옆자리에 앉은 여자가……, 심야 전차에서 술에 취해 자고 있으면……, 또 생각지도 못한 고향의 친척 집 딸이 구구절절한 편지를 보내는가 하면……, 누군지도 모를 아가씨가 제가 집을 비운 사이에 손수 만든 인형을…….

제가 워낙 소극적이다 보니 모두 일회성 사건일 뿐 그 이상 진전된 적은 없었습니다. 그렇다고 제가 여자들에게 인기 있다고 자랑하는 건 아닙니다. 그저 뭔가 여자에게 꿈을 품게 하는 분위기가 제 어딘가에 감돌고 있었다는 점을 말하는 것뿐입니다. 저는 고작 호리키 같은 녀석에게 그런 지적을 받고 나자 굴욕적인 씁쓸함을 느꼈습니다. 그리고 동시에 매춘부들과 노는 일에 흥미가 없어졌습니다.

호리키는 모더니티를 추구하고 싶은 허영심에서—그것 말고 다른 이유는 지금까지도 저는 전혀 찾아내지 못했습니다— 어느 날 저를 R·S—이 이름이 맞는지 기억이 확실하지는 않습니다만—라는 공산주의 독서회인지 뭔지 하는 비밀 연구회에 데리고 갔습니다.

호리키 같은 녀석에게는 공산주의 비밀 모임도 도쿄 안내 중 하나였을지도 모르겠습니다. 저는 이른바 동지들에게 소개되었고 팸플릿 1부를 사야 했습니다. 그리고 상석의 지독히도 못생긴 청년한테서 마르크스 경제학 강의를 받아야 했습니다.

하지만 제게 그 강의 내용은 그냥 뻔한 소리일 뿐이었습니다. 물론 옳으신 말씀인 건 맞지만, 인간의 마음속에는 좀 더, 그 이유를 알 수 없는 무서운 것이 들어있습니다. 욕망이라는 말로도 좀 부족하고 허영심이라는 말로도 부족하고, 색과 욕이라는 두 단어를 늘어놓아도 모자란, 뭔가 저도 잘은 모르지만 아무튼 인간 세상의 밑바닥에는 경제만이 아닌, 뭔가 좀 괴담 같은 구석이 있습니다. 그리고 그 괴담에 겁먹고 있는 저로서는 그들이 말하는 유물론에 대해 물이 낮은 곳으로 흐르는 것처럼 자연스럽게 인정하면서도 그것을 통해 인간을 향한 공포에서 해방되어 푸른 새싹에 눈을 뜨고 희망의 기쁨을 느끼게 되지는 않았습니다.

하지만 저는 그 뒤로 한 번도 결석하지 않고 그 R·S—다른 이름일지도 모릅니다만 여기선 그렇게 해두죠—라는 모임에 출석했습니다. 동지들이 별것도 아닌 일을 무슨 중대사나 되는 것처럼 심각한 얼굴로 1 더하기 1은 2라는 식의 초등 산수 같은 이론 연구에 몰두하는 모습이 하도 우스워서 제 광대 짓으로 모임의 분위기를 부드럽게 만들려 애썼는데, 그 덕분인지 연구회의 딱딱한 분위기도 점점 풀어졌고 저는 어느새 그 모임에 없어서는 안 될 인기인이 되었습니다.

단순하기 짝이 없는 이 사람들은 저 역시 자기들처럼 단순하고 낙천적인 광대 동지 정도로 생각했는지도 모르겠습니다. 만약 그랬다면 저는 이들을 하나에서 열까지 기만하고 있었던 셈입니다. 저는 그들의 동지가 아니었습니다. 하지만 한 번도 빠지지 않고 그 모임에 출석해 사람들에게 광대 연기를 서비스했습니다.

왜냐하면 그 사람들이 좋았으니까요. 저는 그 사람들이 무척 마음에 들었습니다. 하지만 그게 마르크스로 맺어진 친밀감과 애정은 아니었습니다.

비합법의 바다!

저는 그것을 은근히 즐겼던 것 같습니다. 아니, 즐겼다기보다는 마음이 편했다고 해야 옳습니다.

세상의 모든 합법이란 것에서는 바닥을 알 수 없는 강력한 힘이 느껴집니다. 그래서 저는 합법적인 세상이 무섭습니다. 어떻게 된 구조인지 도무지 이해할 수가 없고, 냉기가 뼛속까지 스며드는 그 창 없는 방에서는 도저히 앉아 있을 수가 없기 때문에 바깥이 비합법의 바다라는 것을 알면서도 거기에 뛰어드는 겁니다. 망망대해에서 헤엄치다 지쳐 죽어버리는 편이 제게는 차라리 속 편한 일로 보였으니까요.

음지인이라는 말이 있지요. 인간 세상에서는 비참한 패배자, 악한 사람을 두고 하는 말인 모양이지만, 저는 저 자신이 태어난 순간부터 음지의 존재였던 것 같은 생각이 듭니다. 그래서 세상 사람들이 음지인이라고 손가락질하는 사람들을 보면 늘 다정하게 대하고 싶은 마음이 듭니다. 다정하게 대하고 싶은 마음! 그것은 제가 생각해도 스스로 황홀해질 만큼 정말로 참 다정한 마음이었습니다.

죄의식이라는 말도 있지요. 저는 세상을 살면서 평생 죄의식에 사로잡혀 고통스러웠지만, 어쩌면 저의 영원한 반려자 같은 죄의식과 단 둘이 쓸쓸하게 노닥거리는 것도 제가 살아가는 방식 중 하나였는지도 모릅니다.

속된 말로 정강이에 상처가 있는 사람이라는 말도 있지요. 아마 떳떳하지 못하고 켕기는 데가 있는 사람을 두고 하는 말인 모양인데, 저는 아직 갓난아기일 때 이미 그 상처가 한쪽 정강이에 저절로 생겨나더니 시간이 갈수록 뼈에 사무칠 만큼 점점 더 깊어졌습니다.

밤마다 지옥 같은 고통을 느끼면서도, 좀 이상하게 들리겠지만 어느새 그 상처는 차츰 내 피와 살보다 친근하게 느껴졌고 그 상처가 주는 통증은 상처의 살아있는 감정, 혹은 애정의 속삭임으로까지 느껴졌습니다.

그래서인지 그 지하운동 그룹의 분위기는 이상하게

마음이 편했습니다. 그러니까 그 운동 본래의 목적보다는 그 운동의 기질이 저와 잘 맞았던 겁니다.

호리키는 그저 구경이나 시켜줄 생각으로 저를 데리고 모임에 나갔을 뿐, 모임에는 코빼기도 내밀지 않았습니다. 그러면서 어떻게든 저를 그 소비적인 시찰에 끌고 다니려고 안달이었죠.

생각해 보면 당시에는 참 다양한 형태의 마르크스주의자가 있었습니다. 호리키처럼 모더니티를 향한 허영심 때문에 자칭 마르크스주의자라고 하는 자도 있고, 또 저처럼 단지 비합법의 냄새가 마음에 든다는 이유로 눌러앉은 자도 있고 말이죠. 만약 이런 실체를 마르크시즘을 진심으로 신봉하는 자들에게 들키는 날이면 호리키나 나나 분노의 불벼락을 맞고 비열한 배신자라며 그 자리에서 쫓겨나겠지요.

하지만 저도 호리키도 제명 처분을 당하지는 않았습니다. 특히 저는 그 비합법적인 세계에서만큼은 합법적인 신사들의 세계에서보다 오히려 어깨를 쫙 펴고 건강하게 행동할 수 있었기 때문에 가능성 있는 동지로서, 우스울 정도로 과도하게 비밀스러운 온갖 임무를 부탁받을 정도가 되었습니다.

저는 그런 임무들을 단 한 번도 거절하지 않고 태연하게 받아들였습니다. 괜히 부자연스럽게 행동해 개들의—동지들은 경찰을 개라고 불렀습니다—의심을 받고 불심검문을 당해 일을 망치는 경우도 없었고, 웃으면서, 혹은 사람들을 웃기면서 그들 말로는 그렇게나 위험하다는 일들을 척척 확실하게 처리해 냈습니다.

운동권의 그 사람들은 무슨 대단한 일이라도 되는 것처럼 잔뜩 긴장해서 어설픈 탐정소설 흉내까지 내가며 극도로 경계했는데 그런 그들이 엄청나게 위험하다며 다짐다짐하면서 제게 부탁하는 일이란 게 어이가 없을 정도로 시시한 것들이었지요.

사실 그때 저는 공산당원으로 체포되어 평생 형무소에서 썩게 된다 해도 상관없었습니다. 세상 인간들의 실생활을 두려워하며 매일 밤 불면의 지옥에서 신음하느니 차라리 감옥이 편할지도 모른다 싶었으니까요.

아버지는 사쿠라기초의 별장에 계실 때면 손님 맞이하랴, 외출하랴, 같은 집에 살면서도 사나흘씩 얼굴도 구경하지 못하는 경우가 대부분이었지만 그래도 저는 아버지가 껄끄럽고 무서워서 하숙이라도 했으면 좋겠다 싶었습니다. 하지만 어디까지나 희망사항일 뿐 입도

벙끗 못하고 있는데 때마침 아버지가 그 집을 팔 생각이라는 말을 별장지기 영감에게서 들었습니다.

아버지의 의원 임기가 끝나가고 있었고, 이런저런 다른 사정도 있었겠지만 아무튼 선거에는 더 이상 출마할 생각이 없는 것 같았고, 고향에 은퇴 후 지낼 집도 따로 지어 놓았겠다, 도쿄에는 미련이 없는 모양이었습니다.

게다가 기껏해야 고등학교 1학년생인 저를 위해 큰 저택과 하인들까지 제공하는 것도 낭비라고 생각했는지—아버지의 속마음 역시 세상 사람들의 마음과 마찬가지로 저는 잘 모릅니다—그 집은 얼마 지나지 않아 남의 손에 넘어갔습니다.

저는 바라던 대로 혼고 모리카와초의 센유칸이라는 낡은 하숙집의 어두침침한 방으로 이사를 했는데 당장 돈이 궁해졌습니다.

그때까지는 아버지한테서 다달이 받는 용돈이 이틀, 사흘 만에 떨어진다고 해도 담배든 술이든 치즈에 과일까지 언제든 집에 굴러다녔고 책이나 문구용품, 그 밖에 의류 같은 것들도 모두 근처 가게에서 얼마든지 외상으로 살 수가 있었습니다. 게다가 호리키에게 메밀국수나 튀김 덮밥을 사주는 경우에도 아버지의 단골 식당으로 가면 아무 말 없이 식당을 나와도 괜찮았습니다.

그런데 갑자기 혼자 하숙을 하게 되자 무조건 다달이 송금되는 정해진 돈으로 해결해야 했습니다. 저는 무척 당황했습니다. 용돈은 역시나 이틀, 사흘이면 바닥나 버렸고, 돈이 떨어지자 저는 두려움과 불안감에 미칠 것만 같았습니다.

저는 아버지, 형, 누나에게 번갈아 가며 돈을 부탁하는 전보와 자세한 사정을 적은 편지—남에게 뭘 부탁할 때는 먼저 그 사람을 웃기는 게 상책이라고 생각했기 때문에 저는 거짓말을 잔뜩 지어내서 써 보냈죠—를 계속 보냈고, 한편으로는 호리키가 가르쳐 준 대로 전당포를 문지방이 닳도록 드나들었습니다.

하지만 늘 돈이 없어서 허덕였죠. 애초에 저에게는 하숙집에서 혼자 생활할 능력이 없었던 것입니다.

저는 혼자 하숙방에 앉아 있다가도 갑자기 누가 쳐들어와 공격할 것만 같은 생각에 덜컥 겁이 나서 거리로 뛰쳐나가 지하운동을 하는 사람들을 거들거나 호리키와 함께 싸구려 술집을 전전했습니다.

학교도 그림 공부도 거의 내팽개친 꼴이 되었습니다. 게다가 고등학교에 입학한 지 2년째 되던 해 11월에는 연상의 유부녀와 동반자살 사건을 일으키는 바람에 제 처지는 순식간에 나락으로 떨어져버렸습니다.

학교에는 가지도 않고, 학과 공부 역시 쳐다보지도 않았는데도 저에게는 시험 답안을 쓰는 뭔가 특별한 요령이 있는지 그전까지는 그럭저럭 고향의 부모님을 속일 수 있었습니다. 하지만 일이 그쯤 되자 출석일수가 부족하다는 사실을 학교 측에서 고향의 아버지에게 알린 모양이었습니다. 큰형님이 아버지 대신 위압적인 문장의 긴 편지를 제게 보냈습니다. 하지만 그보다 당장 저를 힘들게 하는 것은 돈이 없다는 것과 그 지하운동에서 맡은 임무들이 도저히 노는 기분으로는 해낼 수 없을 정도로 치열하고 바빠졌다는 데 있었습니다.

중앙지부인지 무슨 지부인지 몰라도 아무튼 제가 어느새 혼고, 고이시카와, 시타야, 간다 일대 모든 학교의 마르크스 학생모임에서 행동 대대장이 되어 있었습니다. 무장봉기라는 말을 듣고 작은 칼을 사서—지금 생각하면 연필도 못 깎을 칼이었습니다—레인 코트 주머니에 넣고 여기저기 뛰어다니며 연락하는 담당이었던 것이지요. 술 한 잔 걸치고 푹 자고 싶어도 그럴 돈이 없었습니다.

게다가 P—당을 그런 은어로 불렀던 것 같은데 기억이 분명하지는 않습니다. 어쩌면 아닐지도 모르겠습니다—에서는 숨 쉴 틈도 주지 않고 끊임없이 저에게 임무를 맡겼습니다. 이제 제 병약한 몸으로는 도저히 이겨낼 수가 없을 정도가 되었습니다.

애초에 비합법이라는 사실에 흥미를 느껴서 일을 거들고 있을 뿐이었는데 이렇게 힘에 부칠 정도로 일이 바빠지자 저는 이건 잘못돼도 한참 잘못되었다는 생각이 들었습니다. 자기들 직계 사람에게 시킬 일을 왜 나한테 시키는지 나중에는 정말 넌더리가 나서 결국 도망쳤습니다. 하지만 막상 도망을 치니 도무지 마음이 편치 않았습니다. 그래서 저는 죽기로 결심했습니다.

죽기로 결심하다

그즈음 저에게 유난히 호감을 보이던 여자가 3명 있었습니다. 1명은 하숙집 센유칸의 딸이었습니다. 이 아가씨는 제가 그 운동 때문에 이리 뛰고 저리 뛰다 파김치가 되어 돌아와서 밥도 못 먹고 쓰러져 누우면 꼭 편지지와 만년필을 갖고 제 방에 찾아왔습니다.

"죄송해요. 아래층에서는 동생들이 하도 소란스러워서 편지 한 장 마음 놓고 쓸 수가 없네요."

그러고 들어와서는 제 책상 앞에 앉아 1시간도 넘게 편지를 씁니다. 그러거나 말거나 모른 척 자면 될 일이라고 생각하겠지만 제가 도무지 거절이라는 것을 못하는 성격이다 보니 이 아가씨를 차마 외면하지 못하고 또 타고난 수동적인 봉사정신을 발휘하고 마는 겁니다.

정말 한 마디도 하고 싶지 않은 기분인데도 지쳐 축 늘어진 몸에 얍! 기합을 넣고는 바닥에 배를 깔고 엎드려 담배를 태우며 이야기를 시작하곤 했습니다.

"여자한테 받은 연애편지로 물을 데워서 목욕을 한 남자가 있대요."

"어머, 말도 안 돼. 당신이죠?"

"뭐, 나도 우유를 데워 마신 적은 있지요."

"그러세요? 많이 마시세요."

이 여자 대체 언제 내려가려고 이래? 아, 미치겠네! 편지는 무슨! 낙서나 하고 있을 테지. 누가 그 속을 모를 줄 알고?

"무슨 편지예요? 어디 좀 보여줘 봐요."

정말 보여줄까봐 무서울 지경이지만 예의상 말하죠.

"어머, 안 돼요, 아이, 싫다니까요."

아, 비비 꼬며 좋아하는 꼴이라니! 없던 정도 떨어지겠네! 저는 여자를 떼어버리려고 심부름을 시킵니다.

"미안하지만 전찻길 약국에 가서 칼모틴 좀 사다 줄래요? 너무 피곤해서 그런지 얼굴도 화끈거리고 오히려 잠도 안 오네요. 미안해요. 돈은……"

"돈은 됐어요."

여자는 기쁜 표정으로 발딱 일어섭니다. 심부름을 시키는 것은 절대로 여자를 실망시키는 일이 아닙니다. 여자들은 좋아하는 남자에게 뭐든 부탁을 받으면 오히려 기뻐한다는 것을 저는 전부터 잘 알고 있었습니다.

또 한 사람은 여자고등사범학교의 문과생으로 지하 운동 모임에서 같이 일하는 동지였습니다. 그 사람과는 운동 일 때문에 좋든 싫든 날마다 얼굴을 마주해야 했는데, 회의가 끝난 뒤에도 이 여자는 종일 제 뒤를 졸졸 따라다니며 뭘 그렇게 자꾸 사주었습니다.

"날 친누나라고 생각해."

으, 친누나라고? 그 가증스러운 말에 소름이 돋았지만, 저는 우수 어린 미소를 지으며 대답합니다.

"그렇게 생각하고 있어요."

여자를 화나게 하면 무슨 일이 일어날지 모르니 어떻게든 잘 지내야 한다는 게 제 생각입니다. 그래서 저는 그 못생기고 지긋지긋한 여자에게 한껏 친절하게 봉사했습니다. 그 여자가 뭘 사줄 때마다—하나같이 취향이 촌스러워서 대부분 받으면 곧바로 꼬치구이 집 영감이나 다른 사람들에게 줘버렸습니다만—아주 기쁜 얼굴로 광대 짓을 하며 웃겨 주었고요.

어느 여름밤에는 이 여자가 도무지 떨어질 생각을 하지 않기에 제발 이거 받고 떨어져라 하는 심정으로 어둑한 골목에서 키스를 했습니다. 그랬더니 떨어지기는커녕 한심하게도 미친 사람처럼 흥분해서는 당장 자동차를 불러 그 사람들이 운동을 위해 비밀리에 빌려 놓은 빌딩 사무실 같은 좁은 방에 저를 끌고 가서 아침까지 난리법석을 피우는 엉뚱한 결과가 되었습니다. 세상에, 기가 막혀서 말이 안 나옵니다!

하숙집 딸과 이 여자 동지는 어쩔 수 없이 매일 얼굴을 봐야 하는 상황이라 지금까지 겪어 온 다른 여자들처럼 재주 좋게 따돌릴 방법이 없어 질질 끌려 다니는 형편이었고, 제 병적인 불안감 때문에 두 사람의 비위를 열심히 맞춰주다 보니 어느새 저는 꼼짝없이 이들에게 매인 꼴이 되어 있었습니다.

또 한 여자는 긴자에 있는 어느 큰 카페 여급이었습니다. 비슷한 시기에 또 저는 그 여자한테 생각지도 못한 신세를 지게 되었는데, 딱 한 번 만났을 뿐인데도 그 신세 진 일 때문에 역시 꼼짝 못할 정도로 걱정과 불안에 시달리고 있었습니다. 그 무렵에는 저도 어느 정도 뻔뻔해져서 호리키의 안내 없이도 혼자 전차도 탈 수 있었고, 가부키 극장도 출입할 수 있었고, 허름한 차림새로 카페에 드나들 수도 있었습니다.

마음속으로는 여전히 인간의 자신감과 폭력성을 의심하고 두려워하고 고민했지만 겉으로는 이제 조금씩 이나마 다른 사람들과 맨 정신으로 인사를, 아, 물론 그렇습니다. 아무리 제가 뻔뻔해졌다 한들 제 천성이 어디 가겠습니까? 여전히 무력한 광대의 쓴 웃음을 짓고서라도, 정신이 반쯤 나가 버벅대는 인사라도 어떻게든 할 수 있게 되었다는 뜻이지요.

지하운동을 한답시고 이리저리 심부름을 다닌 덕분인지 아니면 여자들 덕분인지, 그것도 아니면 술 덕분인지, 아니 제 생각엔 무엇보다 돈이 없어 쩔쩔맨 덕분일 것 같습니다만 아무튼 나름 살아가는 기술을 연마해 가고 있었습니다.

그날도 저는 어딜 가도 무섭긴 마찬가지니 차라리 큰 카페에서 수많은 취객들과 여급, 웨이터 속에서 정신없이 부대끼다 보면 끊임없이 쫓기는 듯한 불안과 두려움이 좀 달래지지 않을까 싶어서 10엔을 들고 긴자의 그 큰 카페에 혼자 들어가 벌써 옆에 와 앉은 여급에게 웃으며 말했습니다.

"10엔밖에 없으니 적당히 알아서."

"걱정 마세요."

간사이 사투리가 섞인 말투였습니다. 그런데 그 말을 듣는 순간 정말 이상하게도 두려움에 떨고 있던 제 마음이 차분히 가라앉는 것이었습니다.

아닙니다. 돈 걱정이 사라졌기 때문에 그런 건 절대로 아닙니다. 왠지 그 사람의 곁에 있으면 걱정 따위 필요 없다는 기분이 들었습니다.

저는 술을 마셨습니다. 그 사람 곁에서는 왠지 마음이 놓였기 때문에 저는 광대 연기 따위 할 생각도 들지 않아서 그저 원래 생긴 대로 과묵하고 음침한 면을 숨기지 않고 그대로 드러내며 말없이 술을 마셨습니다.

"이런 거 좋아해요?"

여자는 이런저런 요리를 제 앞에 내놨습니다. 저는 고개를 저었습니다.

"술만 마시게요? 그럼 저도 한 잔 줘요."

추운 가을밤이었습니다. 저는 쓰네코—확실히 기억나지 않지만 아마 이 이름이었던 것 같습니다. 저는 동반자살하려 했던 상대의 이름조차 제대로 기억하지 못하는 한심한 놈입니다—가 일러준 대로 긴자 뒷골목의 노점 초밥 집에서 맛이라곤 없는 초밥을 먹으며 그 사람을 기다리고 있었습니다.

그 사람의 이름은 긴가민가 기억이 희미한데 이상하게도 그때 먹은 초밥 맛은 아주 똑똑하게 기억이 납니다. 그리고 구렁이처럼 생긴 대머리 아저씨가 고개를 흔들흔들하며 무슨 달인이라도 되는 것처럼 초밥을 만들던 모습도 선명하게 떠오릅니다. 훗날 전차 같은 데서 왠지 낯익은 얼굴을 보고 이리저리 생각하다가 아, 맞아, 그때 그 초밥 집 아저씨랑 닮았네, 하며 쓴웃음을 지은 적도 여러 번 있었을 정도로 말이죠.

그 사람의 이름도, 얼굴이 어떻게 생겼는지도 기억에서 사라진 지금 그 초밥 집 아저씨의 얼굴만은 오히려 그림으로 그릴 수 있을 정도로 또렷하게 기억나는 걸 보면 그때 먹은 초밥이 어지간히 맛이 없었나 봅니다. 먹으면서 얼마나 지독한 한기와 고통을 느꼈으면 그렇게 생생하게 기억이 날까요! 하기야 저는 누가 맛있는 집이라며 데리고 간 초밥 집에서 초밥을 먹고 맛있다고 느낀 적이 한 번도 없습니다. 대개는 너무 커서 그랬던 것 같습니다. 엄지손가락 크기로 좀 야무지게 뭉치면 훨씬 더 맛있을 거라고 늘 생각했으니까요.

그 사람은 혼조의 목수집 2층에 세 들어 살고 있었습니다. 저는 그 2층에서 원래의 제 음울한 마음을 전혀 감추지 않고 심각한 치통에 시달리는 사람처럼 한 손을 뺨에 댄 채 차를 마셨습니다. 그런 제 모습이 오히려 그 사람은 마음에 든 모양입니다. 그 사람도 온몸 가득 늦가을 찬바람에 낙엽만이 미친 듯 춤추는 것 같은, 그런 고독한 느낌을 휘감고 있는 여자였습니다.

함께 자면서 그 사람이 저보다 두 살 위이고 히로시마 태생이라는 것을 알았습니다.

"남편이 있어요. 히로시마에서 이발소를 했는데, 작년 봄에 같이 가출해서 도쿄로 도망쳐 왔죠. 그런데 남편은 여기서 제대로 된 일을 찾지 못하고 사기죄로 형무소에 잡혀갔어요. 이것저것 챙겨서 넣어주느라 매일 형무소에 찾아갔는데, 내일부터는 그만두려고요."

그 사람은 저에게 이런 이야기까지 해주었지만, 저는 어떻게 된 일인지 여자들의 신세 한탄에는 도무지 흥미를 느끼지 못합니다. 여자들의 이야기하는 방식이 서툴러서 그런지, 이야기의 초점을 제대로 잡지 못해서 그런지 무슨 이야기를 하건 귀에 들어오지 않거든요.

외롭다!

천 마디 신세 한탄보다 외롭다는 중얼거림 한마디에 저는 공감할 것 같은데, 여자들의 입에서 그 말이 나오는 것을 이제껏 단 한 번도 들어보지 못했다는 사실이 저에게는 참 기이하고도 불가사의하게 느껴집니다.

그 사람도 입으로는 외롭다고 말하지 않았습니다. 대신 몸 전체로 지독한 외로움을 공기처럼 뿜어내고 있어서 그 사람 곁에 다가가면 제가 가진 뾰족뾰족 가시 돋친 음울함도 그 기류에 휩싸여 기분 좋게 녹아드는 것을 느꼈습니다. 마치 물속 바위 위에 내려앉은 가랑잎처럼 저는 그 사람 곁에서 공포와 불안감을 벗어버릴 수 있었습니다. 백치 매춘부들의 품에서 안심하고 잠들었던 때의 기분과는 아주 달랐습니다. 우선 그 매춘부들은 아주 명랑했으니까요. 아무튼 사기꾼의 아내와 보낸 하룻밤은 제게 무척이나 행복하고—이런 얼토당토않은 단어를 아무런 망설임 없이 인정하고 사용하는 일은 이 수기를 통틀어 다시는 없을 겁니다— 해방된 밤이었습니다. 행복을 처음으로 경험해 본 거였죠.

하지만 그런 행복은 딱 그날 하룻밤이었습니다. 아침에 눈을 떴을 때, 저는 본래의 경박하고 위장술에 능한 광대로 돌아와 있었습니다.

겁쟁이에게는 행복마저도 두려운 법입니다. 솜에 스쳐도 상처를 입고, 행복에 걸려 넘어져도 상처를 입으니까요. 상처받기 전에 얼른 헤어지려고 마음이 급해져서 저는 다시 광대 짓이라는 연막을 사방에 둘러쳤습니다.

"돈 떨어지는 날이 인연 끊어지는 날이라는 말 있지. 그건 돈이 떨어지면 여자한테 차인다는 뜻이 아니야. 그건 해석이 거꾸로 된 거야. 돈이 떨어지면 남자는 제풀에 의기소침해지고 목소리에 힘도 없어지고 괜히 삐딱해져서 될 대로 되라는 심정으로 남자가 먼저 여자를 차는 거야. 정신이 반은 나가서 차고, 차고, 또 차고, 끝까지 차는 거야. 가네자와 대사전에 그렇게 나와 있어. 참 딱한 노릇이지. 나도 그 심정 잘 알지만."

그런 식으로 말 같지도 않은 소리를 해서 쓰네코의 웃음보를 터뜨렸던 기억이 납니다. 더 오래 있어봐야 좋을 게 없다 싶어 세수도 하지 않고 얼른 그 집을 나섰는데 그때 제가 '돈 떨어지는 날이 인연 끊어지는 날'이라고 입에서 나오는 대로 내뱉은 말이 훗날 뜻밖에도 제 발목을 잡게 되었습니다.

한 달이 지났습니다. 저는 그날 밤의 은인을 만나러 가지 않았습니다. 날이 지날수록 기쁨은 희미해지는 대신 덧없는 순간의 은혜가 도리어 부담이 되어 스스로 굴레를 뒤집어쓴 꼴이 되었습니다.

카페에서 술값을 모두 쓰네코에게 떠안겼던 세속적인 일까지 마음에 걸리기 시작하면서 쓰네코도 하숙집 딸이나 여자고등사범학교 학생과 마찬가지로 그냥 무서운 여자일 뿐이라는 생각이 들어 멀리 떨어져 있으면서도 줄곧 쓰네코가 두려워 벌벌 떨었습니다.

게다가 저는 같이 잔 여자를 다시 만나면 별안간 불같이 화를 낼 것만 같아 다시 만나는 것을 극도로 피했습니다. 그러다 보니 점점 더 긴자를 멀리하게 되었습니다. 극도로 피한다고 했지만 그것은 절대로 제가 교활해서가 아닙니다. 여자라는 존재는 함께 잘 때와 아침에 일어났을 때 사이에 아주 작은 연결고리도 없이 완전히 잊어버린 것처럼, 두 세계를 칼로 잘라버린 것처럼 살아가는 놀라운 현상을 아직 잘 이해하지 못하고 있었기 때문입니다.

11월 말이었습니다. 호리키와 간다의 노점에서 싸구려 술을 마셨는데 이 웬수가 2차를 가자고 우겼습니다. 이미 호주머니를 탈탈 털어 써버린 걸 알면서도 자꾸만 더 마시자고 조르는 겁니다. 그때는 저도 취해서 대담해져 있었던 것 같습니다.

"좋아, 그럼 내가 꿈나라로 모셔주지. 놀라지 마, 주지육림이라고……"

"카페야?"

"어."

"가자!"

우리는 전차를 탔고, 호리키는 신나게 떠들었습니다.

"아, 오늘 밤은 정말 여자가 고프구나. 여자가 고파. 여급한테 키스해도 되지?"

호리키도 자기가 그런 추태를 부리는 것을 제가 좋게 생각하지 않는다는 것을 잘 알고 있기에 미리 다짐을 받아 놓으려는 것입니다.

"들었지? 키스할 거야. 내 옆에 앉는 여급한테 무슨 일이 있어도 키스할 테니까. 알아들었어?"

"마음대로 해."

"아이고, 고마워라! 난 여자에게 굶주려 있다고."

긴자 4번가에서 내려 주지육림이라는 큰 카페에 돈 한 푼 없이 들어가서 빈자리를 찾아 호리키와 마주 앉았습니다. 믿는 건 오직 쓰네코 하나뿐이었습니다.

자리에 앉기 무섭게 쓰네코와 또 한 명의 여급이 달려와서 하나는 제 옆에, 쓰네코는 호리키 옆에 떡하니 앉았습니다. 저는 순간 얼어붙었습니다.

쓰네코는 곧, 저 놈에게 키스를 당하겠구나.

섭섭했던 건 아닙니다. 저는 애초에 소유욕이라는 게 없었고 혹시 살짝 섭섭한 마음이 들었다 해도 소유권을 주장하며 싸울 기력 따위는 없습니다. 훗날 제 처가 더럽혀지는 꼴도 입 다물고 구경만 한 놈인걸요.

인간들이 옥신각신하는 데는 절대로 끼어들고 싶지 않았습니다. 그 소용돌이에 휘말리는 게 무서웠습니다. 쓰네코와 저는 고작 하룻밤 같이 지냈을 뿐입니다. 쓰네코는 제 것이 아닙니다. 섭섭하다느니 하는 주제넘은 욕심 따위, 제게 있을 리 없습니다.

그런데도 저는 순간 얼어붙었습니다. 제 눈앞에서 호리키의 뜨거운 키스 세례를 받아야 하는 쓰네코의 처지가 가여웠기 때문입니다.

호리키한테 더럽혀진 쓰네코는 다시는 나를 만나주지 않겠지. 게다가 나한테는 쓰네코를 붙잡을 만한 적극적인 열정도 없어. 아아, 이제 우린 여기서 끝이구나.

하지만 그렇게 쓰네코의 불행에 순간 얼어붙었다가도 이미 다음 순간 저는 순순히 포기하고 호리키와 쓰네코의 얼굴을 번갈아 보며 실실 웃었습니다. 하지만 뜻밖의 상황이 벌어졌습니다. 정말 최악의 전개였죠.

"못하겠다! 아무리 굶주렸다 해도 이런 궁상스런 여자하고는……"

호리키는 입술을 일그러뜨리며 말했습니다. 딱 질색이라는 듯 팔짱을 낀 채 쓰네코를 빤히 쳐다보며 입가에는 쓴웃음을 짓고 있었습니다.

"술 좀 줘. 돈은 없어."

저는 작은 목소리로 쓰네코에게 말했습니다. 술독에 풍덩 빠져버리고 싶은 심정이었습니다. 호리키 같은 속물들의 눈에 쓰네코는 술주정뱅이한테도 키스 받을 자격이 없는 초라하고 궁상스런 여자였던 겁니다. 저에게는 너무도 뜻밖이고 전혀 예상하지 못했던 청천벽력이었습니다.

그렇게 술을 많이 마신 것은 처음이었습니다. 마시고 또 마시고 술을 아예 쏟아 부었죠. 그렇게 고주망태가 되어 쓰네코와 마주 보며 서글픈 웃음을 나누었습니다.

정말 그러네. 가만 보니 이 친구 정말 피곤에 절어 있는 데다가 참 궁상스럽게도 생겼네.

그런 생각과 동시에 돈 없는 자들 간에 느껴지는 친화감—부자와 가난한 사람들 사이의 불화는 진부한 것 같아도 역시 영원한 드라마 주제라고 저는 생각합니다—이 복받쳐 오르면서 저는 쓰네코가 너무나 사랑스러워졌습니다. 세상에 태어나 처음으로 미약하나마 사랑의 감정이 적극적으로 꿈틀대는 것을 자각한 것입니다.

토했습니다. 인사불성이 되었습니다. 이렇게 정신을 잃을 정도로 취한 것도 이때가 처음이었습니다.

눈을 뜨니 머리맡에 쓰네코가 앉아 있었습니다. 혼조의 목수집 2층에서 자고 있었던 겁니다.

"돈 떨어지는 날이 인연 끊어지는 날이라기에 농담인 줄 알았더니 진심이었던 거네요. 어쩜 그렇게 발길을 딱 끊을 수가 있어요? 돈은 내가 벌면 안 되는 건가?"

"안 돼."

그 말을 끝으로 쓰네코도 잠이 들었습니다.

동틀 무렵 쓰네코의 입에서 '죽음'이라는 단어가 처음으로 나왔습니다. 쓰네코도 인간으로 살아가는 일에 몸서리나도록 지친 모양이었습니다. 저도 그랬죠. 세상을 향한 공포, 광대 짓, 돈, 지하운동, 여자, 학업…… 생각할수록 저도 도저히 더는 버티지 못할 것 같았습니다. 그래서 저는 선뜻 죽음에 동의했습니다.

하지만 그때까지만 해도 정말로 죽을 각오까지는 아직 되어 있지 않았습니다. 농담 반 진담 반이었죠.

그날 오전 내내, 우리는 아사쿠사의 롯쿠 거리를 돌아다니다가 어느 찻집에 들어가 우유를 마셨습니다.

"돈 좀 내줘요."

저는 일어나 소맷자락에서 지갑을 꺼내 열었습니다. 달랑 동전 3개. 수치스럽다기보다는 처참했습니다. 문득 센유칸의 제 하숙방이 떠올랐습니다. 돈이 되는 건 모두 전당포에 잡히고 달랑 교복과 이불만 남아 있는 황량한 방. 제가 가진 것이라곤 지금 입고 있는 허름한 기모노와 망토뿐이었습니다. 이게 내 현실이다, 더는 살아갈 수 없다는 것을 그때 똑똑히 깨달았습니다.

제가 쩔쩔매고 있는 것을 보고 쓰네코도 일어나 제 지갑 속을 들여다보았습니다.

"애걔, 그게 다예요?"

무심코 내뱉은 쓰네코의 말이 뼛속까지 아프게 사무쳤습니다. 처음으로 제가 사랑한 사람의 말이었기 때문에 그만큼 더 많이 아팠습니다.

사실 더 말할 것도 없는 일입니다. 달랑 동전 3개라니! 이건 돈도 아닙니다. 그것은 제가 지금껏 한 번도 맛본 적 없는 기묘한 굴욕이었습니다. 도저히 살아낼 수 없는 굴욕이었습니다. 결국 그때까지도 저는 아직 부잣집 도련님에서 벗어나지 못했던 것이겠지요.

그 순간 저는 쓰네코의 제안 때문이 아니라 저 스스로 죽겠다고 결심했습니다.

그날 밤 우리는 가마쿠라의 바다에 뛰어들었습니다.

"이 허리띠는 가게 친구한테 빌린 거니까."

쓰네코가 허리띠를 풀어 곱게 접어서 바위 위에 놓기에 저도 망토를 벗어 같은 자리에 두고 함께 물속으로 뛰어들었습니다.

쓰네코는 죽었습니다.

하지만 저는 살아남았습니다.

제가 고등학교 학생인 데다 아버지의 명성도 있어서 기삿거리가 될 만했나 봅니다. 신문에서 제법 크게 이 사건을 문제로 다루는 바람에 모든 사람이 이 일을 알게 되었습니다.

저는 바닷가 병원에 수용되었습니다. 고향에서 친척 하나가 쫓아와서 뒤치다꺼리를 해주었습니다. 그 사람이 돌아갈 때, 아버지를 비롯해서 고향의 일가친척들이 모두 노발대발하고 있기 때문에 이대로 의절하게 될지도 모른다고 저에게 말했습니다. 그러거나 말거나 저는 죽은 쓰네코가 그리워 내내 훌쩍훌쩍 울기만 했습니다. 정말로 지금껏 제가 진심으로 사랑한 사람은 오직 궁상스런 쓰네코 뿐이었으니까요.

하숙집 딸한테서 긴 편지가 왔습니다. '살아주오'라는 괴상한 말로 시작되는 시를 50수나 줄줄이 써 내린 긴 편지였습니다. 간호사들이 까르르 웃으며 제 병실에 놀러 와서 제 손을 꼭 잡아주고 돌아가기도 했습니다.

제 왼쪽 폐에 이상이 있다는 사실이 발견되었습니다. 덕분에 저는 자살방조죄라는 죄명으로 병원에서 경찰로 끌려가긴 했어도 환자 취급을 받아 특별히 보호실에 수용되었습니다.

깊은 밤, 보호실 옆에 있는 숙직실에서 불침번을 서던 나이 든 순경이 문을 살짝 열더니 말을 걸었습니다.

"춥지? 이쪽 불 옆으로 와서 몸 좀 녹여."

저는 일부러 더 풀 죽은 티를 내며 순순히 숙직실로 들어가서 의자에 앉아 화롯불에 몸을 쪼였습니다.

"죽은 여자가 그립지?"

"네."

일부러 더 기어들어가는 목소리로 대답했습니다.

"그게 사람의 정이라는 거야."

그는 점점 더 대담해져 갔습니다.

"그 여자와 처음 관계를 맺은 데가 어디야?"

그는 자기가 무슨 재판관이라도 되는 것처럼 거만하게 물었습니다. 저를 어린애라고 얕잡아 본 것이죠. 무료한 가을밤에 심심풀이 삼아 저한테서 음담패설을 끌어내려는 속셈이었습니다.

그 시커먼 속셈을 모를 줄 알고?

저는 웃음이 터지려는 것을 참느라 고생했습니다. 그런 비공식적인 심문에는 답변을 거부해도 괜찮다는 사실쯤이야 저도 알고 있었지만 깊어가는 가을밤에 흥취나 돋워볼까 싶었습니다.

저는 아주 순진하고 온순하게, 그 순경이 정말로 취조 담당 형사이고, 죄의 경중을 결정하는 것도 모두 그 순경의 뜻 하나에 달려있음을 굳게 믿고 있는 것처럼 진술했습니다. 그의 음흉한 호기심을 만족시켜 줄 수 있도록 적당히 이야기를 지어내면서 말이죠.

"음, 대충 알겠군. 가닥이 잡혀. 이렇게 솔직하게 털어놓으면 우리도 참작을 하게 되니까 말이야."

"고맙습니다. 잘 부탁드립니다."

거의 신들린 연기였습니다. 물론 저에게는 조금도 득될 것이 없는 열연이었지만요.

날이 밝자 저는 서장실로 불려갔습니다. 이번에는 정식 취조입니다. 문을 열고 서장실에 들어서자 대뜸 커다란 목소리가 저를 맞이했습니다.

"아이구, 참 잘생긴 친구로군. 사실 자네한테야 무슨 죄가 있겠나. 아들을 이렇게 잘생기게 낳은 자네 어머님이 나쁘지."

아마도 대학까지 졸업했을 것으로 보이는 까무잡잡한 젊은 서장이었습니다. 느닷없이 그런 말을 듣자 비참한 기분이 들었습니다. 제 얼굴 반쪽이 붉은 반점으로 뒤덮인 흉물스러운 불구자라도 된 것 같았죠.

유도 선수나 검도 선수라고 하면 딱 어울릴 것 같은 젊은 서장의 취조는 시원시원했습니다. 전날 밤 늙은 순경의 엉큼하고 집요하기 짝이 없던 음흉한 취조와는 수준이 달랐습니다. 심문이 끝나자 서장은 검사국에 보낼 서류를 작성하면서 말했습니다.

"각혈을 한다면서? 우선 몸부터 챙겨야겠군."

그날 아침에는 이상하게 기침이 자주 나왔습니다. 기침을 할 때마다 손수건으로 입을 막았는데 손수건에 벌건 싸락눈이라도 내린 것처럼 피가 묻어 있었습니다. 하지만 사실 그건 목에서 나온 피가 아니라 귀밑에 생긴 종기를 간밤에 조몰락거리다가 터뜨리는 바람에 거기서 나온 피였습니다. 하지만 그런 이야기는 하지 않는 게 좋겠다는 생각이 퍼뜩 들어서 그냥 눈을 내리깔며 얌전히 대답해 뒀습니다.

"네."

서류 작성을 끝낸 서장이 말했습니다.

"기소가 될지는 검사 소관이고, 자네는 보호자한테 전보를 치든 전화를 걸든 해서 오늘 요코하마 검사국으로 오시라고 하게. 올 사람은 있겠지? 보호자나 보증인 같은 사람?"

아버지의 별장에 드나들던 사람 중에 시부타라는 서화 골동품상이 있었는데, 같은 고향 출신인데다 아버지에게 아첨도 잘 하던 사람이었습니다. 그 땅딸막한 40대 독신남이 제 학교 보증인이라는 게 생각났습니다. 그 남자 얼굴, 특히 눈매가 넙치를 닮았다 해서 아버지는 늘 그를 넙치라 불렀고 저도 그렇게 불렀습니다.

저는 경찰서의 전화번호부에서 넙치의 집 전화번호를 찾아냈습니다. 그리고 그에게 전화해서 요코하마 검사국으로 와 달라고 부탁했습니다. 넙치는 갑자기 딴사람이라도 된 것처럼 거만한 말투로 딱딱거렸습니다. 그래도 어쨌든 와 주겠다고는 했습니다.

"이봐, 그 전화기 당장 소독해. 각혈을 한대."

순경들에게 지시하는 서장의 커다란 목소리가 보호실에 앉아 있는 제 귀에까지 들렸습니다.

점심때가 지나자 그들은 저를 밧줄로 묶었습니다. 위에 망토를 입는 것이 허락되었지만 밧줄 끝은 젊은 순경이 단단히 붙잡고 있었고, 그렇게 둘이 전차를 타고 요코하마로 갔습니다. 하지만 저는 불안하기는커녕 경찰서 보호실이며 노순경까지 편안하기만 했으니, 아, 저는 대체 어떻게 생겨먹은 사람일까요. 죄인이 되어 포박을 당한 것이 도리어 편안하게 마음이 놓이고 진정이 되니 말입니다. 지금도 그때의 추억을 써 내려가는 동안 정말 마음이 편안하고 즐거워지네요.

하지만 그때의 그리운 추억들 중에서 단 하나, 지금 생각해도 식은땀이 줄줄 쏟아지는 비참한 실수가 있었습니다. 평생 잊지 못할 정말 큰 실수였죠.

저는 검사국의 어두운 방에서 검사의 취조를 받았습니다. 검사는 마흔쯤 된 것 같았는데 아주 단정하게 잘 생긴 사람이었습니다. 혹시 저를 미남이라고 부를 수 있다 해도 그건 음탕한 미모겠죠. 하지만 그 검사의 얼굴은 올바른 미모라고 부르고 싶을 만큼 총명하고 평온한 분위기를 풍기고 있었습니다.

그가 무척 차분하고 여유 있는 인품으로 보였기 때문에 저는 전혀 경계하지 않았습니다. 멍하니 진술을 하고 있는데 갑자기 기침이 나왔습니다. 소맷자락에서 손수건을 꺼내 든 제 눈에 얼핏 핏자국이 보였습니다. 이 기침도 뭔가 보탬이 되지 않을까 하는 비열한 잔꾀가 퍼뜩 발동되어 콜록콜록 과장된 가짜 기침을 두 번 더 한 다음 손수건으로 입을 가린 채 검사의 얼굴을 흘끗 쳐다보았습니다. 바로 그 순간 그가 말했습니다.

"진짜가?"

참으로 조용한 웃음이었습니다. 등에서 식은땀이 주르륵 흘러내렸습니다. 지금 생각해도 낯 뜨겁고 당황스러워서 미칠 것 같습니다.

중학교 때 그 바보 다케이치가 "일부러 그랬지?"하며 등을 쿡 찔렀을 때 처음 지옥 불로 굴러 떨어지는 것 같은 충격을 받았었는데 이것은 그보다 훨씬 더 큰 충격이었습니다. 제 일생에서 가장 크게 연기에 실패한 두 번째 기록입니다.

검사에게 그런 조용한 치욕을 당하느니 차라리 10년 형을 언도받는 게 나았다고 지금까지도 가끔 생각할 정도입니다.

저는 기소유예 처분을 받았습니다. 하지만 기쁘기는커녕 비참한 기분으로 검사국 대기실 벤치에 앉아 넙치를 기다리고 있었습니다.

등 뒤의 높다란 창문 밖에는 노을 진 하늘이 펼쳐져 있었고, 갈매기 한 무리가 여(女)라는 글자를 그리며 날아가고 있었습니다.

세번째 수기

1

다케이치가 내려준 두 가지 예언 가운데, 하나는 적중하고 하나는 빗나갔습니다.

여자들이 저에게 홀딱 반할 거라는 명예롭지 못한 예언은 정확히 들어맞았지만, 훌륭한 화가가 될 거라는 축복의 예언은 틀린 겁니다. 기껏해야 조잡한 잡지의 그저 그런 무명 만화가가 되었을 뿐이니까요.

가마쿠라 사건 때문에 저는 고등학교에서 퇴학을 당하고 넙치네 집 2층에 있는 손바닥만한 방에서 살게 되었습니다. 고향에서 다달이 아주 조금씩 넙치 앞으로 돈을 보내는 모양이었는데, 그나마도 형들이 아버지 몰래 보내는 눈치였습니다.

아무튼 이제 그것 말고는 고향과의 인연이 모두 끊어진 상태였습니다.

넙치는 항상 뿌루퉁한 얼굴을 하고 있었습니다. 제가 비위를 맞춰 보려고 웃어도 마주 웃어주는 법이 없었죠. 인간이란 이토록 간단하게 손바닥 뒤집듯 변하는 건가 싶을 정도로 야비하게 돌변한 그의 모습이 저는 차라리 우스웠습니다.

"밖에 나가면 안 돼요. 절대로 나가면 안 돼요."

넙치는 저와 얼굴만 마주치면 이렇게 되풀이했습니다. 아직도 제가 자살할 염려가 있다고 봤는지, 그러니까 또 다시 여자를 따라 바다에 뛰어들 위험이 있다고 생각했는지 절대로 외출하지 못하게 했습니다.

하지만 술도 담배도 없이 아침부터 밤까지 2층의 손바닥만한 방의 고다츠(밥상같이 생긴 나무틀 밑에 온열장치를 넣고 위에 담요를 덮은 것) 앞에 처박혀서 헌 잡지나 읽으며 멍청하게 지내는 저는 자살할 기력조차 없었습니다.

넙치의 집은 오쿠보의 의학전문학교 근처에 있었습니다. '서화 골동품상, 청룡원'이라는 간판 글자만큼은 힘이 넘쳤지만, 한 건물에 두 집이 사는 공동주택의 한 칸이라 아주 작고 좁았습니다. 좁디 좁은 가게 문을 들어서면 먼지만 풀풀 날리는 변변찮은 잡동사니들만 잔뜩 늘어놓은 꼴이었죠.

아마 넙치는 가게의 잡동사니를 팔아 먹고사는 게 아니라 이 댁 높은 분이 가진 비장의 물건을 저 댁 높은 분에게 중개해서 돈을 버는 모양이었습니다. 그는 가게에 있는 날은 거의 없었고 늘 아침부터 심기 불편한 얼굴로 총총히 외출하곤 했습니다.

그가 가게를 비울 때면 17~8세쯤 돼 보이는 점원이 가게도 보고 제 감시역도 하는데 틈만 나면 동네 아이들과 밖에서 캐치볼이나 하는 주제에 2층의 식객을 무슨 바보나 미치광이로 보는지 어른이 설교하듯 저에게 잔소리를 했습니다. 저는 누구와 말싸움을 못하는 성격이다 보니 그저 지친 척, 혹은 감탄한 척하면서 고분고분 녀석의 잔소리를 듣고 그 말에 복종했습니다.

이 점원은 사실 시부타가 숨겨 놓은 자식이라는 소문을 얼핏 들은 기억이 있습니다. 뭔가 사정이 있어서 친아들이라는 것을 밝히지 못하고 있고, 시부타가 독신인 것도 아마 그런 이유 때문이라는 것이었죠. 하지만 제가 원래 남의 일에는 관심이 없다 보니 자세한 내막은 전혀 모릅니다만, 그 점원의 눈매에서도 묘하게 물고기의 눈을 연상시키는 부분이 있던 것을 보면 정말로 넙치의 숨겨 놓은 자식일지도 모르겠습니다. 그렇다면 두 사람은 얼마나 쓸쓸한 부자지간일까요! 밤늦게, 두 사람은 2층에 있는 저 몰래 메밀국수를 배달시켜서 말없이 먹곤 했습니다.

넙치네 집 식사 담당도 그 점원이었습니다. 2층에 있는 귀찮은 식객의 식사는 따로 쟁반에 담아 하루에 3번씩 꼬박꼬박 2층으로 가져다주고 넙치와 점원은 계단 아래 눅눅한 방에서 달그락달그락 그릇 소리를 내며 허겁지겁 식사를 했습니다.

3월 말의 어느 날 저녁, 넙치는 웬일로 술상까지 차려 놓고 저를 아래층으로 초대했습니다. 크게 돈 벌 건수라도 물었는지 아니면 무슨 꿍꿍이가 있는지, 저 같은 사람은 도저히 추측할 수도 없는 복잡한 이유가 있었겠죠. 넙치는 넙치 아닌 참치회를 대접하면서 맛있다며 혼자 감탄하고 혼자 칭찬도 해대다 멍하니 앉은 식객에게도 술을 권하며 물었습니다.

"앞으로 어떻게 할 생각입니까?"

저는 대답 없이 식탁 위 접시에서 잔멸치포를 집어 들어 그 은빛 눈알을 들여다보았습니다. 술기운이 살짝 올라오면서 한창 놀고 돌아다니던 때가 그리워지는 게 호리키까지 그리워지면서 자유가 간절해졌습니다.

이 집에 온 뒤로는 광대 짓을 할 기력조차 없어서 그저 넙치와 점원의 멸시 속에 가라앉아 있었습니다. 넙치도 저와 길게 말하고 싶어 하지 않는 눈치인 데다 저도 굳이 그런 넙치에게 뭔가를 호소할 마음도 없다 보니 저는 완전히 얼빠진 식객 노릇만 하고 있었습니다.

"기소유예는 전과 전력이 따라다니는 게 아니예요. 그러니 도련님만 마음가짐을 제대로 가지면 언제든 새 출발할 수 있어요. 도련님이 마음을 고쳐먹고 진지하게 상담을 요청하면 저도 생각해 보겠습니다."

넙치의 말투는, 아니 세상 사람들의 말투는 늘 이런 식입니다. 까다롭고 모호하고 미묘하고 복잡하게 빠져나갈 구멍을 미리 만들어 놓는 거죠. 쓸데없이 저를 경계한답시고 끝없이 치사하게 계산하는 그 말투에 저는 늘 당황해서 될 대로 되라는 심정으로 광대 짓을 하면서 얼렁뚱땅 넘어가거나 아니면 순순히 받아들이고 모든 것을 맡긴다는 패배자적인 태도를 보이게 되는 겁니다.

이때도 사실 넙치가 사실대로 간단하게 말했더라면 그것으로 끝날 일이었다는 것을 나중에야 알고 넙치의 불필요한 조심성, 아니 세상 사람들의 이해할 수 없는 겉치레에 말할 수 없이 우울한 기분이 들었습니다.

넙치가 그때 이렇게만 말했으면 얼마나 좋았을까요.

"공립이든 사립이든 4월부터 학교를 다니세요. 학교에 입학하면 생활비는 고향에서 보내주기로 했어요."

이렇게 말해 줬더라면 저는 그 말에 따랐을 겁니다. 그런데 넙치가 쓸데없이 빙 둘러 말한 탓에 일이 얄궂게 꼬이면서 제 삶의 방향이 180도 달라져버린 겁니다.

"진지하게 의논할 생각이 없다면 할 수 없지만요."

"무슨 의논이요?"

저는 정말로 무슨 말인지 짐작도 가지 않았습니다.

"그야 도련님 마음에 있는 거겠지요."

"예를 들면요?"

"예는 무슨, 그냥 앞으로 어쩔 생각인지 도련님 생각을 물어보는 거예요."

"일을 찾아봐야 할까요?"

"그게 아니라, 앞으로 뭘 하고 싶으냐고요?"

"학교에 가고 싶어도……"

"물론 돈이 필요하지요. 문제는 돈이 아닙니다. 중요한 건 도련님의 생각이에요."

돈은 고향에서 보내주기로 했다는 말을 왜 안 했을까요? 그 말만 해줬으면 제 생각도 바로 정해졌을 텐데요.

"뭐든 장래 희망 같은 게 없습니까? 도대체 사람 하나 돌봐주는 게 얼마나 힘든 일인지 알긴 해요? 하기야 신세를 지는 사람이야 알 턱이 없겠지요."

"죄송합니다."

"참 걱정이에요. 나도 돌봐주기로 한 이상 도련님이 우유부단하게 지내는 건 보고 싶지 않아요. 멋지게 새 출발을 하겠다는 각오를 보여주세요. 도련님이 계획을 세워서 저에게 진지하게 의논을 해 온다면 저도 진지하게 응할 생각이에요. 물론 가난한 제가 도련님을 전처럼 호사스럽게 도와줄 수는 없겠지요. 하지만 도련님의 각오가 단단하고 장래 계획이 확실하게 세워지기만 한다면 조금이나마 도련님의 새 출발을 위해 거들 생각이에요. 아시겠어요?"

"여기 2층에서 지낼 수 없다면 일을 해서……"

"지금 진심으로 하는 말이에요? 요즘 같은 세상에 제국대학을 졸업하고도……"

"아니, 직장인이 되겠다는 게 아니에요."

"그럼 뭡니까?"

"화가요."

저는 큰맘 먹고 말했습니다.

"네에?"

그때 목을 움츠리며 웃던 넙치의 얼굴, 그 얼굴에 비친 교활한 그림자를 저는 결코 잊을 수가 없습니다. 경멸의 그림자와 비슷하지만 다른 것이었습니다. 세상이라는 바다의 천길 깊은 곳에 그런 기묘한 그림자가 어른어른 일렁이고 있을 것만 같은, 뭔가 어른들만의 삶의 깊은 밑바닥을 힐끔 보여주는 듯한 웃음이었습니다.

"그래서야 더 말할 것도 없습니다. 도련님은 각오라는 게 전혀 안 되어 있어요. 좀 더 생각을 해보세요. 오늘 하룻밤 진지하게 한 번 더 생각을 해 보세요."

저는 쫓기듯 2층으로 올라왔습니다. 누워서 아무리 생각해도 딱히 뾰족한 수가 떠오르지 않았습니다. 그래서 새벽 무렵 저는 넙치네 집에서 도망쳤습니다.

저녁에 돌아오겠습니다. 아래 주소를 적어 놓은 친구한테 가서 장래 문제를 의논하고 올 테니 걱정 마세요. 정말입니다.

저는 편지지 끝부분에 아사쿠사에 사는 호리키 마사오의 주소와 성명을 써놓고 몰래 집을 나왔습니다.

넙치한테 잔소리를 들은 게 분해서 도망친 건 아니었습니다. 넙치의 말마따나 저는 각오라는 게 되어 있지 않은 데다가, 넙치의 집에서 계속 신세를 지는 것도 미안하고, 혹시 제가 분발해 보겠다며 뜻을 세운다 한들 가난한 넙치가 필요한 돈을 어떻게 마련할 것이며, 어렵게 마련한들 그런 돈을 다달이 받는다고 생각하니 마음이 너무도 괴로워 견딜 수가 없었기 때문입니다.

물론 저의 장래 계획을 호리키 같은 녀석과 의논하겠다고 진심으로 생각하고 호리키의 주소를 남긴 것은 아니었습니다. 그냥 잠시만이라도 넙치를 안심시키고 싶어서, 넙치에게 갑작스런 충격을 줘서 그를 혼란에 빠뜨리는 게 두려웠기 때문이라고 말하는 편이 더 정확할 것입니다. 그 잠시라는 시간 동안 조금이라도 더 멀리 달아나고 싶다는 탐정소설에나 나올 법한 마음도 어렴풋이 있었는지도 모르겠습니다.

어차피 금방 드러날 일을 사실대로 말하기가 두려워 반드시 어떻게든 꾸미는 게 제 서글픈 성격 중 하나입니다. 그건 세상 사람들이 거짓말쟁이라고 부르며 경멸하는 성격과 비슷하지만, 제가 어떤 이익을 바라고 꾸며댄 적은 한 번도 없었다는 점에서 다릅니다.

저는 단지 일이 틀어졌을 때 분위기가 돌변하는 게 질식할 만큼 무서워서 나중에 저에게 불리하게 될 줄 뻔히 알면서도 필사적으로, 설령 그것이 비뚤어지고 미약하고 어리석은 것일지라도 저도 모르게 불쑥 한 마디 꾸며 넣게 되는 것이었습니다. 이 습관 또한 세상의 정직하다는 사람들로부터 늘 이용당하는 약점이 되었지만, 이 일도 그 순간 문득 떠오른 호리키의 주소와 이름을 편지지 끄트머리에 써 넣은 것뿐이었습니다.

넙치의 집을 나온 저는 신주쿠까지 걸어가서 품고 있던 책을 팔았습니다. 이젠 어떻게 하지? 저는 역시 막막해졌습니다. 저는 모든 사람에게 상냥하게 대했지만 우정이라는 것은 한 번도 실감해 본 적이 없습니다.

호리키처럼 노는 친구는 그렇다 쳐도 인간관계는 저에게 늘 고통이었습니다. 그 고통을 덜어 보겠다고 열심히 광대 짓을 하다가 녹초가 되곤 했죠. 몇 되지도 않는 지인들의 얼굴을, 그 비슷한 얼굴조차도 오다가다 마주치면 심장이 철렁 내려앉고 현기증이 날 정도로 불쾌한 전율에 휩싸이는걸 보면, 아무래도 저는 남을 사랑하는 능력에 결함이—다른 사람들한테도 진정한 사랑의 능력이 있는지 의문이긴 합니다만—있는 것 같습니다.

그런 저에게 친한 친구라는 게 있을 리도 없는 데다가, 저에게는 다른 사람의 집을 방문하는 능력도 없었습니다. 남의 집 문은 제게 《신곡》의 지옥문 이상으로 섬뜩해서 그 문 안에 무시무시한 용처럼 비린내 나는 괴수가 꿈틀거리는 기척을 느끼기 때문입니다. 이건 절대로 과장이 아닙니다. 실제로 저에게는 그렇게 느껴집니다.

찾아갈 사람이 이 세상에 단 한 명도 없다!

넙치의 집을 나와서 저는 다시 한 번 그 사실을 절감했습니다.

호리키

농담이 진담이 되었습니다. 저는 아사쿠사의 호리키를 찾아가기로 했습니다. 지금껏 호리키의 집을 제가 먼저 찾아간 적은 한 번도 없었습니다. 이제껏 호리키를 불러낼 때는 전보를 쳤는데 지금은 전보 치는 데 들어갈 돈에도 손이 떨리는 데다 초라해진 신세 탓에 생각도 삐딱해져서 전보를 쳐도 호리키가 나오지 않을 거라는 생각이 들어 저에게는 가장 힘든 일인 방문을 결심하고 한숨을 내쉬며 전차에 올라탔습니다.

이 세상에 내가 믿고 의지할 단 한 사람이 호리키라니 왠지 등골이 오싹해지고 처절한 기분이었습니다.

호리키는 집에 있었습니다. 지저분한 골목 안쪽에 있는 2층집에서 호리키는 2층의 딱 하나뿐인 3평짜리 방을 쓰고 있었고, 아래층에서는 호리키의 늙은 부모와 젊은 직원 세 사람이 끈을 꿰매고 박으며 나막신을 만들고 있었습니다. 그날 호리키는 도시 사람다운 면모를 유감없이 발휘했습니다. 약삭빠른 성격! 놀라 눈이 휘둥그레질 정도로 차갑고 교활한 이기주의자! 그는 저처럼 하염없이 휩쓸리기만 하는 사람이 아니었던 겁니다.

"나참 어이가 없어서. 여기가 어디라고 찾아와? 아버지한테 용서는 받았냐? 아직도 못 받은 거야?"

도망쳐 나왔다는 말은 차마 하지 못했습니다. 저는 항상 하던 대로 어물쩍 넘겼습니다. 호리키가 당장 눈치챌 게 빤한데도 어물어물 넘기려 했습니다.

"어떻게든 되겠지."

"웃을 일이 아니야. 멍청한 짓은 작작하고 이쯤에서 그만둬. 난 오늘 볼일이 있어서 말이야. 요즘 바빠."

"볼일? 무슨 일인데?"

"야, 방석 실은 대체 왜 자꾸 뜯는 거야?"

깔고 앉은 방석의 꿰맨 실인지 묶은 실인지 아무튼 술장식처럼 네 귀퉁이에 달려 있는 실 하나를 무의식중에 손가락으로 쏙 잡아당기기도 하며 만지작거리고 있는 저를 호리키가 큰소리로 나무랐습니다. 자신의 집 물건이라면 방석에 달린 실 한 올도 아깝다는 듯 부끄러운 기색도 없이 눈에 불을 켜고 말이죠.

그때 호리키의 노모가 단팥죽 두 그릇을 쟁반에 얹어 들고 왔습니다.

호리키는 뼛속까지 효자인 것처럼 노모에게 송구스러워하며 부자연스러울 정도로 공손하게 말했습니다.

"이거 죄송해서 어쩌죠. 단팥죽이네요? 이렇게 극진하게 대접하실 필요는 없는데. 볼일이 있어서 금방 나가 봐야 돼요. 그래도 기왕에 이렇게 솜씨 좋은 어머니가 단팥죽을 내오셨으니 안 먹으면 아깝죠. 잘 먹겠습니다. 너도 얼른 먹어. 어머니가 일부러 만들어주신 거야. 야, 진짜 맛있다. 참 친절도 하시지."

어찌나 기뻐하며 맛있게 먹는지 꼭 연극만도 아닌 것 같았습니다. 저도 후루룩 들이켜 봤지만 물 냄새가 나는 데다 새알은 진짜 새알이 아니라 뭔지 정체를 알 수 없는 것이었습니다.

아닙니다. 저는 절대로 그 가난을 경멸하는 게 아닙니다. 저는 그때 그 단팥죽이 맛이 없다고 생각하지는 않았고, 그 노모의 정성도 고맙게 생각하고 있었습니다. 저는 가난이 두렵기는 해도 경멸하지는 않습니다.

그저 그 단팥죽과 그 단팥죽을 반색하며 받아드는 호리키를 보면서 저는 도시 사람의 알뜰한 본성, 안과 밖을 확실히 구별하는 도쿄 가정의 실체를 목격했다고 생각했을 뿐입니다. 안이고 밖이고 똑같이, 그저 끊임없이 인간에게서 달아나기만 하는 멍청한 저만 철저히 혼자 남겨지고 호리키한테마저 버림받았다는 생각에 칠

벗겨진 젓가락을 놀려 단팥죽을 먹으며 견딜 수 없는 외로움을 느꼈다는 걸 기록해 두고 싶을 뿐입니다.

"난 오늘 볼일이 있어서 이만 실례할게, 미안해."

호리키는 일어나서 겉옷을 입으며 말했습니다.

그때 어떤 여자가 호리키를 찾아왔습니다. 그리고 그것은 제 운명을 또 완전히 바꿔놓았습니다.

호리키는 별안간 생기를 띠었습니다.

"이거, 미안해서 어쩌죠. 그렇잖아도 지금 당신한테 가려던 참이었는데 이 친구가 갑자기 찾아오는 바람에. 뭐, 상관없어요. 자, 앉으세요."

제가 깔고 앉았던 방석을 빼서 뒤집어 내밀자 어지간히 마음이 급했는지 호리키는 얼른 낚아채더니 다시 뒤집어서 그 여자에게 내밀었습니다. 방에는 호리키의 방석과 손님용 방석이 딱 하나밖에 없었던 것입니다.

그 여자는 키가 크고 말랐는데, 내민 방석을 한쪽으로 밀어 놓고 방문 옆 구석자리에 앉았습니다.

저는 멍하니 두 사람의 대화를 들었습니다. 여자는 잡지사 사람이었는데 호리키에게 전에 부탁해 놓은 삽화인지 뭔지를 받으러 온 모양이었습니다.

"급해서요."

"다했습니다. 벌써 옛날에 다 끝냈죠. 자, 여기."

그때 전보가 도착했습니다. 전보를 읽은 호리키의 기분 좋던 얼굴이 순식간에 험악해졌습니다.

"젠장! 야, 이게 무슨 소리야?"

넙치한테서 온 전보였습니다.

"너, 지금 바로 집으로 돌아가. 내가 데려다주면 좋겠지만 난 지금 그럴 시간이 없거든. 가출한 주제에 세상 태평한 얼굴로, 그게 뭐냐?"

"댁이 어디세요?" 여자가 물었습니다.

"오쿠보입니다." 저도 모르게 대답해 버렸습니다.

"마침 회사 근처네요." 여자가 말했습니다.

여자는 28세, 고슈 출신으로 다섯 살짜리 딸아이와 고엔지에 있는 아파트에서 살고 있는데 남편과 사별한 지 3년 되었다고 했습니다.

"고생을 많이 하고 자랐나 봐요. 눈치가 참 빨라. 가엾게도."

저는 그 여자의 집에서 기둥서방 비슷한 생활을 시작했습니다. 시즈코—그 여기자의 이름입니다—가 신주쿠의 잡지사로 출근하고 나면 저와 다섯 살짜리 시게코는 얌전히 집을 봤습니다.

지금까지 시게코는 어머니가 집을 비울 때면 아파트 관리실에서 놀았던 모양인데 눈치 빠른 아저씨가 나타나서 놀아주니 아주 신이 나는 모양이었습니다.

멍하니 1주일이 지났습니다. 아파트 창문 앞을 지나는 전깃줄에 걸린 연 하나가 봄날의 먼지바람에 흔들리고 찢기면서도 악착같이 전깃줄에 매달려 까딱까딱 하고 있었습니다. 저는 그 연을 볼 때마다 씁쓸하게 웃기도 하고 얼굴을 붉히기도 하고 때론 꿈에서까지 그 연이 보이는 악몽에 시달렸습니다.

"돈이 좀 필요해."

"……얼마나?"

"많이…… 돈 떨어지는 날이 인연 끊어지는 날이라는 말, 그거 진짜더라."

"바보 같은 소리. 그런 케케묵은 말 따위……"

"정말 그럴까? 당신은 몰라. 이대로 가다가는 나, 도망칠지도 몰라."

"대체 어느 쪽이 더 가난한지 모르겠네. 그리고 누가 왜 도망친다는 거야. 이상한 소릴 하네."

"나도 내가 번 돈으로 술, 아니, 담배를 사고 싶어. 그림도 호리키 같은 녀석보다는 내가 훨씬 잘 그릴 걸."

문득 중학생 시절에 그린 그림들이 떠올랐습니다. 다케이치가 '괴물'이라고 말했던 몇 장의 자화상이었습니다. 잃어버린 저의 걸작이었습니다. 몇 번 이사하면서 다 잃어버렸지만 정말 뛰어난 그림이었다고 생각합니다. 그 뒤로도 다양한 그림을 그려 봤지만 잃어버린 그 추억 속 그림의 발치에도 못 미쳐서 저는 늘 가슴이 텅 빈 듯한 나른한 상실감에 시달려 왔습니다.

마시다 만 압생트 한 잔

영원히 보상할 길 없는 그 상실감을 저는 남몰래 그렇게 표현하고 있었습니다. 그림 이야기만 나오면 마시다 만 한 잔의 압생트(유럽의 약초 혼합주)가 눈앞에 아른거리면서 초조하게 몸부림치게 되는 것이었습니다. 아, 그 그림을 이 사람에게 보여주고 싶다! 내 재능을 믿게 하고 싶다! 생각하면서 말이죠.

"후후, 정말? 심각한 얼굴로 농담하는 게 넘 귀여워."

농담이 아닌데, 정말인데, 아, 그 그림을 보여주고 싶다, 하며 부질없이 괴로워하다가 문득 저는 마음을 바꿔 깨끗이 포기하고 말했습니다.

"그럼 만화를 그리면 어때? 적어도 만화는 호리키보다 잘 그릴 자신 있어."

늘 그렇듯 그렇게 광대 짓으로 하는 말은 오히려 진지하게 받아들여졌습니다.

"아, 그렇지! 그래, 맞아. 사실은 나도 감탄하고 있었어. 시게코한테 맨날 그려주는 만화 말이야. 그거 보면 나까지 웃음이 터진다니까. 어때? 우리 회사 편집장한테 부탁해볼까?"

그 회사에서는 그다지 유명하지 않은 어린이 대상 월간 잡지를 발행하고 있었습니다.

당신에게는 여자의 마음을 흔드는 뭔가가 있어. …… 당신을 보면 뭔가 해주고 싶어서 안달이 나. …… 언제나 겁먹은 것처럼 흠칫거리면서 웃기는 소리도 잘하고. …… 가끔 혼자 지독하게 가라앉아 있을 때, 그 모습을 보면 여자들은 마음이 흔들리지 않을 수가 없어. ……

시즈코는 이런저런 말로 저를 치켜세워 주었습니다. 하지만 제 생각에 그것은 곧 기둥서방의 추잡스러운 특징일 뿐이었기 때문에 기운이 나기는커녕 오히려 점점 더 땅속으로 가라앉는 기분이었습니다.

여자보다는 돈이다! 어쨌든 시즈코에게서 벗어나 독립하고 싶었습니다. 하지만 아무리 이리저리 생각하고 또 생각해 봐도 결국 시즈코에게 의지해야만 했습니다. 가출한 뒷수습을 비롯해서 거의 모든 것을 이 고슈의 여장부에게 신세지게 됐고, 그럴수록 저는 시즈코를 대할 때마다 한층 더 흠칫흠칫 두려움에 떨어야만 하는 신세가 되었습니다.

시즈코가 나서서 넙치, 호리키, 시즈코 세 사람의 만남이 이루어졌습니다. 결과적으로 저와 고향 사이의 인연은 완전히 끊어졌고, 대신 시즈코와 떳떳하게 동거하게 되었습니다. 또 시즈코가 이리 뛰고 저리 뛰며 애써준 덕분에 제 만화도 의외로 돈벌이가 돼서 저는 드디어 제 돈으로 술과 담배를 살 수 있게 되었습니다. 하지만 저의 불안감과 울적함은 점점 더할 뿐이었고, 날이갈수록 저는 끊임없이 가라앉고 또 가라앉았습니다.

시즈코네 잡지에 <긴타 씨와 오타 씨의 모험>이라는 만화를 매달 연재하고 있었는데, 만화를 그리다가도 문득문득 고향집이 떠오르면 못 견디게 외로워져서 혼자 울 때도 있었습니다.

그나마 저에게 위안이 있다면 시게코였습니다. 그때쯤 시게코는 거리낌 없이 저를 아빠라고 불렀습니다.

"아빠, 기도하면 하느님이 진짜로 다 들어줘?"

그게 진짜라면 저야말로 기도하고 싶었습니다.

저에게 냉철한 의지를 내려주소서. 제게 '인간'의 본질을 알려주소서. 사람이 사람을 밀쳐내도 죄가 되지 않는 건가요? 제게 분노할 수 있는 얼굴을 주소서.

"응, 진짜야. 아빠는 안 되겠지만 시게코가 기도하는 건 뭐든 다 들어주실 거야."

저는 신조차 두려워하고 있었습니다. 신의 사랑은 믿지 못하고 신의 벌만을 믿고 있었기 때문입니다. 저에게 신앙은 단지 신의 채찍질을 받기 위해 고개 숙인 채 심판대로 향하는 것이었습니다. 지옥은 분명히 믿을 수 있지만 천국은 도저히 믿어지지 않았던 겁니다.

"아빠는 왜 안 돼?"

"부모님 말씀을 안 들었으니까."

"정말? 아빠는 진짜 착한 사람이라던데."

그건 내가 사람들을 속이고 있기 때문이란다. 이 아파트 사람들이 모두 나에게 호감을 갖고 있다는 건 나도 잘 알아. 정작 나는 그 사람들이 정말 두려운데 말이지. 하지만 이상한 건 내가 두려워할수록 사람들은 나에게 호감을 보인다는 거야. 그리고 나는 나대로 사람들이 그렇게 호감을 보여줄수록 더 두려워져서 사람들을 멀리하게 되는 거지.

이렇게 불행하고 병적인 성격을 어떻게 설명할까요?

"시게코는 하느님한테 무슨 기도를 하고 싶은데?"

저는 슬쩍 화제를 바꿨습니다.

"난 있잖아, 진짜 아빠가 있었으면 좋겠어."

심장이 철렁하고 어질어질 현기증이 났습니다.

적이었구나! 내가 시게코의 적인지 시게코가 나의 적인지 모르지만 어쨌든 여기에도 나를 위협하는 무서운 어른이 있었구나.

타인! 결코 이해할 수 없는 비밀투성이의 타인, 시게코의 얼굴이 갑자기 그렇게 보였습니다. 시게코만큼은 다른 사람들과 다를 줄 알았는데, 역시 이 아이도 '별안간 등에를 때려죽이는 소꼬리'를 가지고 있었던 겁니다. 저는 그때부터 시게코한테까지 흠칫흠칫 겁을 먹어야만 했습니다.

"어이, 색마! 집에 있나?"

호리키가 다시 제 거처에 드나들고 있었습니다. 가출한 날 저를 그렇게 섭섭하게 만들었던 녀석이지만 차마 거부하지 못하고 희미하게 웃으며 맞이했습니다.

"네 만화가 제법 인기라며? 아무튼 아마추어들은 세

상 무서운 줄 모르고 덤벼든다니까. 하지만 방심하지는 말라고. 데생 기본이 안 돼 있더군."

그는 자기가 무슨 스승이라도 되는 것처럼 거만하게 말했습니다. 저 녀석에게 그 '괴물' 그림을 보여준다면 어떤 표정을 지을까? 저는 또 부질없이 맴도는 생각을 애써 떨치며 대꾸했습니다.

"윽! 아픈 델 꼬집혀서 비명이라도 지르고 싶은걸."

호리키는 기가 살아서 말했습니다.

"처세하는 재능 하나는 알아줘야겠지만, 그거 하나 믿고 있다가는 언젠가 발목 잡히는 날이 올걸."

처세하는 재능이라고? 그저 쓴웃음만 나왔습니다. 저처럼 인간을 두려워하고 피하며 속이는 짓은, 결국 '긁어 부스럼을 만들지 말라'는 속담 속에 담긴 영리하고 교활한 처세술과 같다는 걸까요? 아, 인간은 상대를 전혀 알지도 못하면서 둘도 없는 친구라 믿고, 상대를 완전히 잘못 보고 있으면서도 평생 그 사실을 깨닫지 못한 채 상대가 죽으면 울며 조사나 읽는 것은 아닐까요?

어쨌든 호리키는—보나마나 시즈코에게 등 떠밀려서 마지못해 수락했을 게 뻔하지만—제 가출의 뒤처리를 함께 해 준 사람이란 이유로 이제는 아예 제 인생의 대단한 은인이자 시즈코와 저를 맺어준 월하노인처럼 굴었습니다. 잘난 척 설교를 해대는 건 기본이고, 한밤중에 고주망태로 쳐들어와서 자고 가기도 하고, 5엔—항상 5엔이었습니다—을 빌려가기도 했습니다.

"그나저나 네 여성 편력도 이쯤에서 끝내라. 더는 세상이 용납 못해."

세상이라니 어떤 세상? 인간의 복수형을 말하는 걸까? 세상이라는 것의 실체는 대체 무엇일까?

이제껏 세상은 강하고 모질고 무서운 곳이라고만 생각했는데, 문득 이런 생각이 들었습니다.

네가 말하는 세상이란 건 바로 너 아니야?'
세상이 아니라 그냥 네가 곱게 안 보는 거잖아?'

혀끝에까지 나온 이 말을, 저는 호리키가 화를 낼까 무서워 꾹 눌러 삼켰습니다.

"계속 그런 짓을 하면 세상 사람들한테 호된 꼴을 당할 거야."

세상이 아니라 너한테겠지.

"넌 세상에서 매장되고 말 거야."

세상이 아니야. 날 매장하는 건 바로 너야.

너야말로 자신의 흉포함, 괴기스러움, 악랄함, 늙은 너구리같은 교활함, 요괴 할멈 같은 성정을 알라!

온갖 말들이 가슴 속을 오갔지만 저는 그저 얼굴에 맺힌 땀을 손수건으로 닦으며 웃을 뿐이었습니다.

"진땀이 다 나네." 하면서 말이죠.

하지만 그때부터 저는 '세상은 개인'이라는 철학 비슷한 것을 갖게 되었습니다.

그렇게 세상이란 한 개인이 아닐까 하는 생각을 품기 시작한 뒤부터 저는 조금씩이나마 제 의지대로 움직일 수 있게 되었습니다. 시즈코의 말로는 저는 조금 떼쟁이가 되었고, 전처럼 흠칫흠칫 겁도 먹지 않게 되었답니다. 그리고 호리키의 말로는 이상하게 인심이 박해졌답니다. 또 시게코의 말로는 시게코를 전처럼 귀여워해주지 않는답니다.

저는 날마다 시게코 돌보미 노릇을 하며 점점 말도 웃음기도 잃었습니다. <긴타 씨와 오타 씨의 모험>을 그리고, <천하태평 우리 아빠>의 노골적인 아류작 <천하태평 우리 스님>과 <성질 급한 핀짱>이라는, 제가 봐도 참 말도 안 되는 자포자기식 제목들의 연재만화를 각 잡지사의 주문—시즈코네 회사 말고도 드물게나마 만화 의뢰가 조금씩 들어오고는 있었는데, 모두 시즈코네 회사보다 더 질 떨어지는 삼류 출판사였습니다—에 따라 정말 우울한 기분으로 느릿느릿하게 그렸습니다. 저는 그림을 굉장히 느리게 그리는 편이었습니다. 그저 술 살 돈만 벌면 그만이었으니까요.

그러다가 시즈코가 퇴근하면 훌쩍 밖으로 나가 고엔지 역 근처의 노점이나 스탠드바에서 값싸고 독한 술을 들이켜고 살짝 기분이 좋아진 상태로 아파트에 돌아와 시즈코에게 말합니다.

"참 이상하지? 천하태평 우리 스님 얼굴 말이야. 볼수록 정말 이상한 얼굴이지 않아? 사실은 그거 당신 잠자는 얼굴에서 힌트를 얻은 거야."

"당신 자는 얼굴도 폭삭 늙은 거 알아? 어떤 땐 정말 40 먹은 남자 같다니까."

"그게 다 누구 탓인데 그래. 당신한테 정기를 쪽쪽 빨아 먹혀서 그런 거잖아. 흐르는 강물과 사람 팔자는…… 뭐 그리 냉가슴인가? 강가의 버드나무……"

"고성방가 그만하고 얼른 자. 아니면 밥 차릴까?"

시즈코는 어디까지나 차분하게 대할 뿐, 저의 도발을 상대해 주지 않습니다.

"술이면 마시지. 흐르는 강물과 사람 팔자는. 흐르는 사람과, 아니, 흐르는 강물과, 강물의 팔자는."

그렇게 노래를 부르며 시즈코가 벗겨주는 대로 옷을 벗고 시즈코의 가슴에 이마를 묻은 채 잠드는 것이 제 일상이었습니다.

그렇게 다음 날도 어제 일을 되풀이하고
어제와 다르지 않은 관례에 따르면 돼.
거칠고 큰 환락만 피한다면
큰 슬픔도 찾아오지 않나니,
앞길을 막아선 커다란 돌덩이를
두꺼비는 돌아서 가지.

우에다 빈(일본의 문학자·평론가·번역가)이 번역한 기 샤를 크로(프랑스의 시인·발명가)의 이 시구를 발견했을 때 저는 혼자 얼굴이 불타오를 만큼 벌게졌습니다.

두꺼비

그게 나야. 세상이 용납하고 말고 할 것도 없어. 매장하고 말고 할 것도 없지. 나는 개나 고양이보다 못한 동물이야. 두꺼비. 어기적거리는 두꺼비일 뿐이야.

저는 점점 더 술을 많이 마셨습니다. 이제는 고엔지역 근처에서만 마시는 게 아니라 신주쿠와 긴자까지 나가 술을 마시고 외박하는 일도 있었고, 오직 '관례'에 따르지 않기 위해 바에서 무뢰한 흉내를 내기도 하고, 여급들에게 닥치는 대로 키스를 해대기도 했습니다. 다시 동반자살 사건 이전의, 아니 그때보다 더 피폐해지고 야비해진 술꾼으로 돌아가면서 돈에 쪼들려 시즈코의 옷까지 내다 파는 지경이 되었습니다.

처음 이 집에 와서 찢어진 연을 보며 씁쓸하게 웃던 때로부터 벌써 1년이 지나 벚나무에 새잎이 돋아날 무렵이었습니다. 저는 또 시즈코의 기모노 허리띠며 속곳들을 몰래 들고 나가 전당포에 맡기고 이틀 동안 긴자에서 술을 마시다가 사흘째 밤에 무심코 발소리를 죽이며 시즈코의 아파트로 갔다가 모녀의 대화를 들었습니다.

"아빠는 왜 술을 마시는 거야?"

"아빠는 있잖아, 술이 좋아서 마시는 게 아니야. 사람이 너무 착하다 보니까, 그래서……"

"착한 사람은 술을 마시는 거야?"

"아니, 그런 게 아니라……"

"아빠 놀라겠지?"

"어쩜 싫어할지도 몰라. 어머, 저것 좀 봐, 상자에서 튀어나왔네."

"성질 급한 핀짱 같다."

"그러게."

진심으로 행복해 보이는 시즈코의 낮은 웃음소리가 들려왔습니다.

문을 빠끔히 열고 안을 들여다보니 깡충대며 온 방 안을 휘젓고 다니는 하얀 새끼 토끼를 모녀가 쫓아다니고 있었습니다.

행복하구나, 이 모녀는. 나처럼 얼빠진 놈이 이 두 사람 사이에 끼어 있으면 이 두 사람도 머지않아 망쳐버리게 될 거야. 소박한 행복, 착한 모녀, 아, 혹시 신이 나 같은 놈의 기도도 들어준다면 단 한 번, 평생 단 한 번이라도 좋으니 두 사람의 행복을 위해 기도할 거야.

그 자리에 엎드려 절이라도 하고 싶은 마음이었습니다. 저는 조용히 문을 닫고 다시 긴자로 나가 다시는 그 아파트로 돌아가지 않았습니다.

그리고 교바시 바로 옆의 스탠드바 2층에서 저는 다시 기둥서방의 형태로 눌러앉게 되었습니다.

세상!

저도 이제 세상을 어렴풋이나마 알기 시작했다는 느낌이었습니다.

세상은 개인과 개인의 싸움이다. 당장 그 자리에서만의 싸움이고, 그 자리에서 이겨야만 하는 싸움이다.

인간은 절대로 인간에게 복종하지 않는다. 노예도 노예 나름의 비굴한 보복을 한다. 그러니 인간으로서 살아남기 위해서는 그 자리에서 벌어지는 당장의 승부에서 이겨야만 한다.

다들 입으로는 사람이 지켜야 할 도리를 부르짖고 있지만 인간의 목표는 반드시 개인, 개인을 뛰어넘어 다시 또 개인이다. 그러니 세상의 난해함은 개인의 난해함이다. 세상은 바다가 아니라 개인이다.

세상이라는 거대한 바다의 환영에 겁먹고 벌벌 떨던 제가 이제 조금은 자유로워져서 전처럼 끝없이 눈치 보는 일 없이 그때그때 필요에 따라 적당히 뻔뻔하게 처신하는 기술을 몸에 익히게 된 것입니다.

고엔지의 아파트를 나온 저는 교바시의 스탠드바 마담에게 말했습니다.

"헤어지고 왔어."

그 말 한마디로 충분했습니다. 당장 그 자리에서만의 싸움에서 결판을 내고 바로 그날 밤부터 거의 우격다짐으로 그 가게 2층에 눌러앉아버린 것입니다. 그런데도 세상은 제게 호된 비난은커녕 아무런 해코지도 하지 않았고 저 역시 세상을 향해 아무런 변명도 하지 않았습니다. 마담만 좋다고 하면 그것으로 충분했던 겁니다.

그 가게에서 저는 손님인지 남편인지 심부름꾼인지 친척인지, 정체를 알 수 없는 존재였는데도, 세상은 저를 수상하게 생각하지 않았고 단골손님들도 저를 요조, 요조, 하고 정답게 부르며 술을 권하곤 했습니다.

저는 점점 세상을 경계하지 않게 되었고, 세상이 그리 무서운 곳이 아니라고 생각하게 됐습니다. 지금까지 제가 품어 왔던 세상에 대한 공포는 그저 '과학적 미신'에 벌벌 떠는 것과 마찬가지라는 것을 깨달았던 것입니다.

예를 들면 이런 거죠. 봄바람에는 백일해균이 득실득실하고, 공중목욕탕에는 눈을 멀게 하는 세균이 우글우글, 이발소에는 탈모증을 일으키는 세균이 와글와글,

전차의 가죽 손잡이에는 옴벌레가 바글바글, 생선회나 설익은 육류에는 촌충의 유충이니 디스토마니 하는 기생충들의 알이 반드시 숨어있고, 맨발로 걸어 다니면 발바닥으로 유리 파편이 파고들어 그 파편이 온몸을 돌고 돌다 눈을 찌르면 실명을 할 수도 있다는 따위의 과학적 미신 때문에 무서워서 아예 밖에 나갈 엄두도 내지 못하는 꼴이었던 겁니다.

물론 수십만 마리의 세균이 공중에 우글우글 떠다닌다는 것은 아마 과학적으로 정확한 사실이겠지요. 하지만 그냥 무시해 버리면 나와 아무 상관없는 일이 되어 순식간에 지워 없앨 수 있는 '과학의 유령'일 뿐이라는 것을 저는 깨우치게 된 것입니다.

천만 명이 하루에 밥알을 3톨씩만 남겨도 쌀 몇 가마니를 내다 버리는 셈이라든가, 천만 명이 하루에 휴지를 한 장씩만 절약해도 나무를 얼마나 아낄 수 있는가 하는 등의 과학적 통계에 저는 지레 겁을 먹고 1톨이라도 밥을 남길 때마다, 코를 풀 때마다 산더미 같은 쌀과 산더미 같은 나무를 낭비하고 있다는 죄의식 때문에 고통스러워하며 저 자신이 중대한 범죄라도 저지르고 있는 것 같은 암울한 기분에 시달려 왔습니다.

하지만 그런 것들은 그저 과학적 거짓말, 통계적 거짓말, 수학적 거짓말일 뿐, 먹다 남은 3톨의 밥알은 모을 수 있는 것이 아닙니다. 곱셈, 나눗셈의 응용문제로도 못 쓸 지극히 원시적이고 수준 낮은 주제인 거죠.

불 꺼진 어두운 변소 구멍에 사람이 몇 번에 한 번 꼴로 한쪽 발을 헛디뎌 떨어지는가? 전차의 출입구와 플랫폼 사이의 벌어진 틈으로 발을 헛디뎌 떨어지는 승객은 몇 명 중 한 명일까? 하는 식의 확률 계산과 비슷한 수준으로 멍청한 짓입니다. 얼핏 듣기에는 그럴싸해 보이지만 변소 구멍에 잘못 앉았다가 다쳤다는 이야기는 한 번도 들어본 적이 없습니다. 그런 가설을 과학적 사실이랍시고 현실에 그대로 반영해서 공포에 떨던 이제까지의 제가 귀엽다는 생각이 들 정도로 저는 세상이란 것의 실체를 조금은 알게 되었던 겁니다.

하지만 사실, 저는 여전히 인간이란 존재가 무서웠습니다. 가게 손님을 대할 때도 술부터 한 잔 마셔야 했습니다. 무서울수록 더 보고 싶어진다던가요! 내심 무서우면서도 작은 동물을 오히려 꽉 움켜쥐는 꼬마처럼 저는 밤마다 가게에서 술에 취한 채 손님들 앞에서 어쭙잖은 예술론을 떠벌리는 지경에 이르렀습니다.

무명 만화가

저는 커다란 환락도 커다란 슬픔도 없는 무명 만화가일 뿐이었습니다. 나중에 감당 못할 슬픔이 찾아와도 좋으니 격렬하고 커다란 환락을 맛보고 싶다고 생각했지만, 당장 지금의 제 기쁨이란 손님들과 객쩍은 소리나 하며 술을 얻어 마시는 일뿐이었습니다.

교바시에서 그런 시시한 생활을 하며 지낸 지도 벌써 1년, 제 만화는 어린이를 대상으로 하는 잡지뿐만 아니라 역에서 파는 조잡하고 외설스러운 잡지에도 실리게 되었습니다.

저는 조시 이키타(上司幾太, 情死, 生きた (동반자살, 살았다)와 발음이 같다)라는 도를 넘어선 저질 장난 같은 익명으로 추잡한 춘화 따위를 그렸고, 그림에는 보통 《루바이야트》(11세기 페르시아의 시인 오마르 하이얌의 4행 시집)의 시구를 넣었습니다.

쓸데없는 기도는 이제 그만,
눈물짓게 하는 것들은 던져 버려.
자, 한잔 하세, 좋은 생각만 하면서

괜한 걱정 따위 잊어버리라고.
불안과 공포로 사람을 위협하는 자들은
스스로 지은 죄에 벌벌 떨며
죽은 자들의 복수에 대비하느라
머릿속은 끊임없는 계략으로 가득하지.

간밤 술이 넘쳐나니 내 심장도 기쁨으로 넘쳐났는데
오늘 아침 눈을 뜨니 황량하기 그지없네.
웬일인가 하룻밤 사이
변해 버린 내 마음이여.

천벌 받을 걱정 따위 이제 그만,
저 멀리 울려대는 북소리처럼
공연히 불안해진 그 녀석
방귀 뀐 것까지 죄로 계산해서야 어찌 살꼬.

정의가 인생의 지침이라고?
그렇다면 피로 물든 전장에
살인자의 칼 끝에
어떤 정의가 깃들어 있단 말인가?

원리와 법칙은 어디에 있는가?
지혜의 빛이란 무엇인가?
아리땁고도 무서운 것이 덧없는 속세.
가냘픈 사람의 아들은 버거운 짐을 등에 지고 있네.

걷잡을 수 없는 욕정의 씨앗이 심긴 탓에
선과 악, 죄와 벌, 저주만 받을 뿐.
깨부술 힘도 의지도 물려받지 못한 탓에
걷잡을 수 없이 그저 허둥거릴 뿐

어딜 그리 헤매고 다니는가?
비판? 검토? 재인식?
하, 그건 헛된 꿈, 있지도 않은 허깨비.
술을 깜박해서 다들 어리석은 근심인 게로군.

끝없는 창공을 봐.
그 안에 오도카니 떠 있는 점 하나일 뿐인데
지구가 왜 자전을 하는지 알게 뭐람,
자전 공전 반전도 다 제 마음이지.

가는 곳마다 지고의 힘을 느끼고
온갖 나라에서 온갖 민족에서
동일한 인간성을 발견하는
나는야 이단자라네.

다들 성경을 잘못 읽은 거야?
아니면 상식도 지혜도 없는 거야?
산 몸뚱이의 기쁨을 금지하고 술을 끊으라니!
됐어, 무스타파, 난 그런 거 정말 싫어.

그런데 제게 술을 끊으라고 하는 여자가 있었습니다. 바 맞은편에 있는 작은 담배 가게의 17~8세쯤 된 요시코였습니다. 피부가 하얗고 덧니가 있는 요시코는 제가 담배를 사러 갈 때마다 웃으며 잔소리를 했습니다.

"날마다 대낮부터 술에 취해 있으면 안 돼요."

"왜? 그러면 왜 안 되는데? 뭐가 잘못됐는데? 술이란 술은 모조리 다 마셔버리고 사람의 아들이여, 증오를 지워라, 지워라, 지워라, 라고 옛날 페르시아의…… 그만두자. 슬픔으로 지친 심장에 그나마 희망을 가져다주는 건 오직 술뿐이라고, 알아?"

"몰라요."

"이 노옴, 키스해 버린다."

"하래죠."

겁도 없이 넉살 좋게 아랫입술을 쑥 내미는 겁니다.

"이런 녀석을 봤나. 정조 관념……"

하지만 요시코의 표정에는 누구에게도 더럽혀지지 않은 처녀의 향기가 감돌고 있었습니다.

해가 바뀌고 모질게 춥던 어느 날 밤, 그날도 저는 술에 취해 담배를 사러 나갔다가 가게 앞에 있는 맨홀에—어떤 놈이 뚜껑을 열어 놓았는지— 빠져버렸습니다.

"요시코! 나 좀 살려줘!"

제 비명소리를 듣고 요시코가 나와 구해주었습니다. 오른팔에 생긴 상처를 치료해 주며 요시코는 웃음기 없이 간절한 목소리로 말했습니다.

"그러게 술을 너무 많이 드신다니까요."

저는 죽는 것보다 다쳐서 피를 흘리고 불구가 되는 것이 더 무서웠기 때문에 요시코의 치료를 받으며 이제 그만 술을 끊어볼까 생각했습니다.

"끊을게. 내일부터 한 방울도 안 마실 거야."

"정말요?"

"응, 끊으면 요시코, 내 색시 해 줄 거야?"

물론 색시 이야기는 농담이었습니다.

"물이죠!"

'물'이란 '물론'의 줄임말이었습니다. '모던 보이'는 '모보', '모던 걸'은 '모걸'이라는 식으로 그 무렵 다양한 줄임말이 유행하고 있었습니다.

"좋았어. 손가락 걸자. 꼭 끊을게."

그러고 나서도 다음 날이 되자 저는 또 대낮부터 술을 마셨습니다. 저녁 무렵 휘청휘청 밖으로 나가 요시코의 가게 앞으로 갔습니다.

"요시코, 미안해. 오늘도 마셔버렸어."

"어머, 왜 취한 척을 하고 그래요."

저는 흠칫 놀라 정신이 번쩍 들었습니다. 술이 확 깨는 기분이었습니다.

"아니야, 정말이야. 내가 왜 취한 척을 하겠어?"

"아유, 자꾸 놀리면 나쁜 사람이에요."

요시코는 도무지 의심할 생각조차 하지 않았습니다.

"보면 알잖아. 오늘도 대낮부터 마셨어. 미안해."

"연기 잘하시네요."

"연기가 아니래도 그러네, 바보. 키스해 버린다."

"하래죠."

"아니야, 나 같은 놈이 어딜 감히…… 내 얼굴 좀 봐, 벌겋지? 정말로 마셨다니까."

"그야, 석양빛을 받아서 그렇죠. 누굴 속이려고 그래요. 어제 나랑 약속했는데, 손가락까지 걸었는데 마실 리가 있어요? 거짓말, 새빨간 거짓말."

어둑한 가게 안에 앉아 웃고 있는 요시코의 하얀 얼굴을 보며 저는 생각했습니다.

아, 때 묻지 않은 처녀성은 고귀하구나. 나는 이제껏 나보다 어린 처녀와는 자 본 적이 없다.

결혼하자!

그 때문에 나중에 그 어떤 커다란 슬픔이 찾아온대도 좋다. 사나울 만큼 커다란 행복을, 평생 단 한 번이라도 맛보고 싶다. 처녀성의 아름다움이란 멍청한 시인의 달콤한 감상일 뿐이라고 생각했지만 이 세상에 진짜로 살아 있는 것이었구나.

결혼해서 봄이 오면 둘이 자전거를 타고 아오바 폭포를 보러 가자.

그 자리에서 그렇게 결심한 저는 당장의 승부로 그 꽃을 훔치는 데도 전혀 주저하지 않았습니다.

그렇게 우리는 결혼했습니다.

결혼으로 얻은 행복이 기대만큼 큰 것은 아니었지만 그 뒤에 찾아온 슬픔은 처참하다는 말로도 모자랄 만큼 상상을 초월하는 것이었습니다.

저에게 세상이란 역시 그 끝을 알 수 없을 만큼 무서운 곳이었습니다. 당장의 승부 따위로 모든 것을 결정할 수 있을 만큼 만만한 곳이 아니었습니다.

2

호리키와 나

서로 경멸하면서 한심하게 만들어 가는 것이 이 세상 친구의 모습이라면 저와 호리키도 분명히 친구입니다.

저는 교바시의 스탠드바 마담의 의협심에 기대어—여자에게 의협심이라니 좀 얄궂지만 제 경험에 따르면 적어도 도시에서는 남자보다 여자들이 오히려 의협심이 강했습니다. 남자들은 대부분 겁쟁이인 데다 체면 차리기에만 바쁘고 쩨쩨했습니다—담배 가게 요시코와 결혼할 수 있었습니다.

쓰키지 스미다 강 근처의 자그마한 목조 이층집 1층에 방을 빌려 살면서 술도 딱 끊고 이제 정식 직업으로 자리 잡아가는 만화 작업에 힘을 쏟았습니다.

저녁을 먹고 나서 둘이 영화도 보러 가고 돌아오는 길에는 찻집에 들어가기도 하고 꽃 화분도 샀습니다. 저를 진정으로 믿어주는 이 어린 신부의 말을 듣고, 몸짓을 바라보는 게 너무나도 즐거웠습니다.

어쩌면 나도 이제 인간다운 인간이 되어 가는 게 아닐까? 이제 내게 비참한 죽음 따위는 없는 게 아닐까?

달콤한 희망이 어렴풋이 제 가슴에 깃들기 시작하던 참에 호리키가 또 제 앞에 나타났습니다.

"어이, 색마! 잘 지냈어? 얼굴 보니 철이 좀 들었나 본데? 오늘은 고엔지 여사님 심부름으로 왔어."

그는 갑자기 목소리를 낮추더니 부엌에서 차를 준비하고 있는 요시코를 턱짓으로 가리키며물었습니다.

"괜찮겠어?"

"상관없어. 무슨 말이든 괜찮아."

저는 차분하게 대꾸했습니다. 실제로 요시코는 믿음의 천재였습니다. 교바시 바의 마담과의 관계는 물론이고, 가마쿠라에서 일으킨 동반자살 사건을 말해줬는데도 쓰네코와 제 사이를 의심하지 않았습니다. 제 거짓말 솜씨가 좋아서가 아닙니다. 때로는 아주 적나라하게 말해줬는데도 요시코는 다 농담으로만 들었습니다.

"잘난 척은 여전하네. 뭐, 별 건 아니고, 고엔지에도 가끔 놀러 오라고 전해 달래."

잊을 만하면 괴물 새가 퍼덕퍼덕 날아와 기억 속 상처를 부리로 찢어발깁니다. 그러면 순식간에 과거의 치욕과 죄의 기억들이 생생히 떠올라 비명을 지르고 싶은 공포에 휩싸이게 되어버리는 것입니다.

"한잔할래?" 제가 말했습니다.

"좋지." 호리키가 말했습니다.

저와 호리키는 겉모습이 꼭 닮았습니다. 쌍둥이 같은 기분이 들 때도 있습니다. 물론 여기저기 기웃거리며 싸구려 술을 마실 때만 그렇습니다. 얼굴만 마주하면 순식간에 똑같은 모습에 똑같은 털을 가진 개로 변해 눈 내리는 번화가를 날뛰며 돌아다니게 되는 겁니다.

그날 이후 우리는 다시 옛 우정을 키워가는 꼴이 되었습니다. 둘이 함께 교바시의 스탠드바에 드나들다가 끝내는 두 마리 고주망태 개가 되어 고엔지의 시즈코 아파트까지 찾아가서 자고 나오는 사태까지 가고 말았죠.

그 무더웠던 여름밤을 전 영원히 잊을 수 없습니다.

해질 무렵 호리키가 후줄근한 유카타를 입고 쓰키지에 있는 우리 집에 와서, 사정이 있어서 여름옷을 전당포에 잡혔는데 노모가 알게 되면 곤란하니까 바로 찾아야 한다면서 돈을 빌려달라고 했습니다. 저도 돈이 없었기 때문에 늘 그랬던 것처럼 요시코에게 요시코의 옷을 전당포에 맡기고 돈을 만들어 오라고 했습니다. 호리키에게 빌려주고도 돈이 조금 남기에 요시코에게 소주를 사오라고 한 다음 피서를 한답시고 집 옥상에 올라가 스미다 강에서 희미하게 불어오는 시궁창 냄새 나는 바람을 맞으며 참으로 구질구질한 술판을 벌였습니다.

우리는 그때 희극 명사, 비극 명사 알아맞히기 게임을 했습니다. 명사는 모두 남성 명사, 여성 명사, 중성 명사로 구분되니 희극 명사, 비극 명사로도 구분되어야 한다면서 제가 만들어 낸 게임이었습니다.

이를테면 증기선과 기차는 둘 다 비극 명사이고, 전차와 버스는 둘 다 희극 명사인데 이유를 모르는 자는 예술을 논할 자격이 없다, 희극에 단 하나라도 비극 명사를 집어넣는 극작가는 그것만으로 이미 낙제이며 비극의 경우도 마찬가지다, 뭐 이런 식이었습니다.

"준비됐어? 담배는?" 제가 물었습니다.

"비극." 호리키가 냉큼 대답했습니다.

"약은?"

"가루약이야, 알약이야?"

"주사약."

"비극."

"그럴까? 호르몬 주사도 있잖아."

"아니야, 그건 무조건 비극이야. 우선 주사 바늘부터가 누가 뭐래도 비극이잖아."

"좋아, 그렇다고 해주지. 하지만 니가 몰라서 그렇지, 약이나 의사는 은근히 희극이야. 죽음은?"

"희극. 목사나 중이나 다 마찬가지지."

"백 점 만점. 그리고 삶은 비극이지."

"아니야. 그것도 희극이야."

"아니야, 그렇게 되면 희극 아닌 게 없게 되잖아. 마지막으로 하나만 묻겠는데 만화가는? 설마 희극이라고 말하진 않겠지?"

"비극, 비극이야! 비극의 대명사!"

"무슨 소리야, 비극의 대명사는 너잖아!"

어느새 늘 이런 시답잖은 말장난으로 가버려 따분하긴 하지만 우리는 이 게임이 전 세계 어떤 문학 살롱에서도 볼 수 없는 굉장히 세련된 게임이라며 자화자찬하고 있었습니다.

당시에 저는 이와 비슷한 게임을 하나 더 만들었습니다. 반대말 맞히기였습니다. 검정의 반대말은 하양, 하지만 하양의 반대말은 빨강, 빨강의 반대말은 검정, 이런 식이었습니다.

"꽃의 반대말은?"

제가 질문하면 호리키는 입술을 비딱하게 깨물고 생각에 잠겼다가 말합니다.

"으음, 화월이라는 요릿집이 있으니까, 달!"

"아니지. 그게 무슨 반대말이야. 차라리 비슷한말이지. 별과 제비꽃도 비슷한말이잖아. 반대말이 아니야."

"알았어. 그럼, 꿀벌."

"꿀벌?"

"어, 그럼 모란은…… 어, 개미인가?"

"그건 그림 주제잖아. 어디서 얼렁뚱땅 넘어가려고."

"아, 알았다! 꽃에는 떼구름……"

"달에는 떼구름이지."

"그래, 맞아. 바로 그거야. 꽃에는 바람이지. 꽃의 반대말은 바람이야."

"실망인데, 그건 나니와부시(일본의 대중적인 창) 가사잖아. 어디 출신인지 알 만하다."

"아, 그럼, 비파!"

"아이고 점점. 꽃의 반대말은 말이야, 이 세상에서 가장 꽃답지 않은 거야, 그걸 말해야지."

"그러니까 그게…… 잠깐, 뭐야, 그럼 여자구나."

"내친 김에 여자의 비슷한 말은?"

"내장."

"넌 도대체 시라는 걸 모르는구나. 그럼 내장의 반대말은 뭐야?"

"우유."

"그건 제법 괜찮네. 그럼 하나만 더 해보자. 수치심의 반대말은?"

"파렴치한이지. 말하자면 인기 만화가 조시 이키타!"

"호리키 마사오, 너는 어떻고?"

이때쯤부터 두 사람은 점점 웃음을 잃었고 소주 특유의 취기, 유리 파편이 머리에 가득 들어차 있는 것 같은 음울한 기분에 젖어 들었습니다.

"시건방진 소리 하지마. 난 아직 너처럼 오랏줄에 묶이는 치욕을 당한 적은 없어."

흠칫했습니다. 호리키는 역시 저를 제대로 된 인간으로 보고 있지 않았던 것입니다. 그저 죽지 못해 사는 파렴치한, 멍청한 괴물, 산송장으로 생각하면서도 저를 이용해 먹을 수 있을 때까지는 이용해 먹는 게 그의 속셈이었던 것입니다.

불쾌한 기분이 들면서도 호리키가 그렇게 생각하는 건 당연한 일이라 싶었습니다. 어릴 때부터 인간의 자격이 없는 아이였으니까, 호리키한테까지 경멸당하는 건 지극히 당연한 건지도 모르겠다고 마음을 고쳐먹고 저는 아무렇지 않은 척 태연한 표정으로 말했습니다.

"죄의 반대말은 뭘까? 이건 어려울걸."

"법률이지."

호리키의 천연덕스러운 대답에 저는 호리키의 얼굴을 새삼 바라보았습니다. 근처 빌딩에서 깜박이는 네온사인의 붉은빛을 받은 호리키의 얼굴이 무자비한 형사처럼 위엄 있어 보였습니다.

"야, 죄라는 건 그런 게 아니잖아."

죄의 반대말이 법률이라니! 하지만 세상 사람들은 어쩌면 다 그런 식으로 안이하게 생각하며 새침한 얼굴로 살아가는지도 모르겠습니다. 형사가 없는 곳에는 죄가 꿈틀댄다고 말이지요.

호리키가 따지듯 되물었습니다.

"그럼 뭔데, 신? 너한테는 왠지 예수쟁이 같은 구석이 있어. 구역질나게."

"그렇게 가볍게 결론 내리지 말고 조금 더 생각해 봐. 어쨌든 재미있는 주제잖아. 어떻게 답하느냐에 따라 그 사람의 모든 것을 알 수 있을 거란 생각이 들어."

"설마…… 죄의 반대말은 선이지. 선량한 시민, 나 같은 사람 말이야."

"농담하지 말고 진지하게 생각해봐. 선은 죄의 반대말이 아니라 악의 반대말이야."

"악과 죄가 다른가?"

"다르지. 선악의 개념은 인간이 멋대로 만들어 낸 도덕의 언어라고."

"까다롭게 굴기는. 그럼, 역시 신 아닐까? 신, 신이면 만사 해결이지. 그나저나 배고프다."

"지금 아래층에서 요시코가 누에콩을 삶고 있어."

"그래? 잘 됐네. 나, 누에콩 좋아하는데."

호리키는 머리 뒤로 두 손을 깍지 끼고 그 자리에 벌렁 드러누웠습니다.

"넌 죄라는 것에는 아무 관심이 없는 모양이네."

무심코 내가 말했습니다.

"당연하지. 난 너처럼 죄인이 아니니까. 술과 여자를 즐기긴 해도 여자를 죽게 하거나 돈을 뜯어내진 않아."

내가 죽게 만든 게 아니야! 내가 돈을 뜯어낸 게 아니야! 마음속 깊은 곳에서 가냘프지만 필사적인 목소리가 항의했지만 벌써 한편으로는 그래, 내가 나쁜 놈이라며 바로 인정해 버리고 마는 것이 저라는 놈입니다.

저는 논쟁이란 걸 도무지 못합니다. 음울한 소주의 취기 탓에 자꾸만 험악해져 가는 감정을 안간힘을 다해 억누르며 혼잣말처럼 중얼거렸습니다.

"감옥에 갇히는 것만이 죄가 아니야. 죄의 반대말을 알게 된다면 죄의 실체도 알 수 있을 텐데…… 신……구원…… 사랑…… 빛…… 하지만 신한테는 사탄이라는 반대말이 있고, 구원의 반대말은 고뇌일 테고, 사랑은 증오, 빛은 어둠이라는 반대말이 있고, 선은 악, 죄와 기도, 죄와 후회, 죄와 고백, 죄와…… 아아, 죄다 비슷한 말이네. 죄의 반대말은 대체 뭘까?"

"죄(츠미)의 반대말은 꿀(미츠)이지. 꿀처럼 달콤하니까. 아, 배고프다. 뭐 먹을 거 좀 가져와."

호리키가 명령하듯 말했습니다.

"네가 가서 가져와!"

저도 모르게 격렬한 분노의 목소리가 제 입에서 튀어 나왔습니다. 그런 일은 태어나서 정말 처음이었습니다.

"알았어. 아래층에 가서 요시코와 죄를 짓고 오지. 논쟁보다는 실제로 확인해 보는 게 최고 아니겠어? 죄의 반대말은 꿀콩, 아니다, 누에콩인가."

호리키는 혀 꼬부라진 소리로 중얼거렸습니다.

"마음대로 해. 제발 내 눈앞에서 사라져!"

"죄와 공복, 공복과 누에콩, 아니아니, 이건 비슷한말이지."

호리키는 헛소리를 주절대며 일어났습니다.

죄와 벌, 도스토예프스키

섬광처럼 그 말이 머리 한 구석을 스쳤습니다.

그렇구나! 도스토예프스키는 죄와 벌을 비슷한 말이라고 생각한 게 아니라 반대말이라고 생각하고 나열한 것이었구나!

죄와 벌, 절대로 서로 통할 수 없는 것, 물과 기름처럼 서로 섞일 수 없는 것. 죄와 벌을 반대말로 생각한 도스토예프스키의 물이끼, 썩은 연못, 어지럽게 뒤얽힌 그 깊은 바닥의…… 아, 그래, 알 것 같아! 아니다, 아직……

머릿속으로 이런 저런 생각이 어지럽게 돌아가고 있을 때 호리키의 목소리가 들렸습니다.

"야! 누에콩이고 뭐고, 얼른 이리 와 봐!"

호리키의 목소리와 낯빛이 조금 전 휘청휘청 아래층으로 갈 때와는 확 달라져 있었습니다.

"왜? 무슨 일이야?"

살기등등한 호리키의 심상찮은 기세에 우리는 옥상에서 2층으로 내려갔습니다. 2층에서 다시 1층의 제 방으로 내려가는 계단 중간에서 호리키는 걸음을 딱 멈추더니 손가락질하며 작은 목소리로 말했습니다.

"저기 좀 봐!"

제 방 위쪽의 작은 창문이 열려 있었는데 그 창을 통해 방 안이 들여다보였습니다. 환한 전깃불 아래 두 마리의 짐승이 있었습니다.

저는 어찔어찔한 현기증을 느끼며 거친 숨을 몰아쉬었습니다. 이것 역시 인간의 모습이다, 이것 또한 인간의 모습이다, 놀랄 거 없다고 가슴속으로 중얼대면서 저는 요시코를 구할 생각도 못하고 장승처럼 계단 위에 얼어붙어 있었습니다. 호리키가 크게 헛기침을 했습니다.

저는 도망치듯 다시 옥상으로 뛰어올라가 바닥에 나동그라진 채 비를 머금은 여름밤 하늘을 올려다보았습니다. 그때 저를 덮친 감정은 분노도 혐오도 슬픔도 아닌 무지막지한 공포였습니다.

묘지에서 귀신을 만났을 때 느끼는 그런 종류의 공포가 아니라 신사의 삼나무 숲에서 흰옷을 입은 신성한 존재와 맞닥뜨렸을 때 느끼게 될 것 같은, 그저 입을 닫치게 만드는 고대의 거친 원시적 공포였습니다.

그날 밤부터 흰머리가 생기기 시작했습니다. 그나마 잠깐 생겼던 자신감은 모두 사라졌고, 사람을 끝없이 의심하게 되었으며, 이 세상의 삶에 대한 어떤 기대감도,

어떤 기쁨도, 어떤 공감들도 영원히 느낄 수 없게 영원히 멀어져 버렸습니다.

그 일은 제 인생을 완벽하게 결정지어 버렸습니다. 그날 제 미간은 정통으로 맞아 반으로 딱 쪼개졌고, 그 상처는 어떤 인간을 만나든 욱신거렸습니다.

"딱하긴 한데, 너도 이제 좀 깨달은 게 있겠지? 난 이제 다시는 여기 안 올 거야. 여긴 그냥 지옥 그 자체 같아…… 그래도 요시코는 용서해라. 너도 어차피 제대로 된 놈은 아니잖아? 이만 실례한다."

거북한 자리에 오래 머물 호리키가 아니었습니다.

저는 일어나 앉아 남은 소주를 다 마신 다음 큰 소리로 울었습니다. 끝도 없이 눈물이 쏟아졌습니다.

언제 왔는지, 요시코가 누에콩을 수북이 담은 접시를 들고 제 등 뒤에 멍하니 서 있었습니다.

"아무 짓도 안 한다고 했는데……"

"됐어. 아무 말 마. 넌 사람을 의심할 줄 몰랐던 것뿐이야. 앉아서 콩이나 먹자."

우리는 나란히 앉아 콩을 먹었습니다.

사람을 믿는 게 죄일까?

상대 남자는 저에게 만화를 그려 달라고 해서는 알량한 돈을 거들먹거리며 놓아두고 가는 30세가량의 왜소한 장사치였습니다. 그 장사치도 면목이 없는지 그날 이후 두 번 다시 찾아오지 않았습니다.

하지만 왠지 저는 그에 대한 증오보다는 맨 처음 그 장면을 목격했을 때 곧바로 크게 헛기침을 하거나 뭔가 손을 쓰지 않고 저에게 고자질하기 위해 그대로 옥상으로 돌아온 호리키를 향한 증오와 분노 때문에 밤마다 잠 못 이루고 신음했습니다.

용서하고 말 것도 없었습니다. 요시코는 믿음의 천재입니다. 요시코는 사람을 전혀 의심할 줄 몰랐을 뿐이고 그 때문에 일어난 비참한 사건일 뿐이었으니까요.

신께 묻습니다. 믿음은 죄가 되나요?

요시코가 더럽혀졌다는 사실보다, 요시코의 인간에 대한 믿음이 더럽혀졌다는 사실이 제게는 그 후로 오랫동안, 도저히 살아갈 수 없을 정도의 고뇌의 씨앗이 되었습니다.

저처럼 비굴하게 오들오들 떨면서 남의 눈치만 살피며 사는 인간에게, 태어날 때부터 사람을 믿는 능력에 금이 가 버린 인간에게 요시코의 때 묻지 않은 믿음은 아오바 폭포처럼 싱그러웠습니다. 그런데 그것이 단 하루 만에 누런 구정물로 변해 버린 것입니다. 요시코는 그날 밤부터 제가 찡그리는지 웃는지, 표정 하나하나에까지 신경을 쓰게 되었습니다.

"요시코."

제가 부르면 움찔움찔 놀라고 눈을 어디에 둘지 모릅니다. 웃겨 보려고 아무리 재미있는 이야기를 해줘도 어쩔 줄 몰라 쩔쩔 매고 흠칫거리고, 괜스레 제게 극존칭을 쓰게 되었습니다.

때 묻지 않은 믿음이 죄의 원천일 수 있을까?

저는 유부녀가 겁탈당한 사건에 관한 책을 이것저것 찾아 읽어보았습니다. 하지만 요시코만큼 비참하게 당한 여자는 없었습니다. 애초에 이건 말이 되지 않습니다. 그 왜소한 장사치와 요시코 사이에 조금이라도 사랑 비슷한 감정이 있었더라면 그나마 제 마음이 편했을지도 모릅니다.

여름날의 단 하룻밤, 요시코는 그저 그 사람을 믿었던 것뿐인데, 그 때문에 제 미간은 정통으로 쪼개지고 목소리는 잠기고 흰머리가 나기 시작했으며 요시코는 평생 눈치를 보고 쩔쩔매면서 살게 된 것입니다.

대부분의 이야기는 그 아내의 '행위'를 남편이 용서하느냐 마느냐에 중점을 두고 있었지만 제가 볼 때 그것은 그리 고통스러운 것도, 큰 문제도 아니었습니다.

용서하느냐 마느냐 하는 권리를 가진 남편이야말로 행복한 게 아닐까? 도저히 용서할 수 없다면 호들갑을 떨 것 없이 아내와 헤어지고 새 아내를 맞이하면 된다. 아니면 용서하고 꾹 참는 거지. 어쨌거나 남편 한 사람의 마음먹기에 따라 두루두루 모든 것이 원만하게 해결되는 것인데, 하는 생각까지 드는 것이었습니다.

아무튼 그런 사건은, 물론 남편에게는 정말 큰 충격이긴 하지만 어디까지나 그것은 충격일 뿐, 권리가 있는 남편의 분노로서, 어떻게든 처리할 수 있는 문제라는 생각이 들었습니다. 언제까지고 끝없이 밀려왔다 밀려가는 파도와는 다른 것이었으니까요.

하지만 우리의 경우에는 남편에게 아무런 권리도 없고, 생각해 보면 모든 것이 다 제 잘못이라는 생각이 들어서 화를 내기는커녕 싫은 소리 한마디 못하고 있고, 또 그 아내란 사람은 자신이 가진 보기 드문 미덕 때문에 그런 화를 입은 것입니다. 게다가 그 미덕은 남편이 전부터 동경해 온, 때 묻지 않은 신뢰감이라는, 견딜 수 없이 가련한 것이었습니다.

때 묻지 않은 신뢰감은 죄가 되는가?

저의 유일한 희망이었던 요시코의 미덕에까지 의혹을 품게 되면서 저는 이제 더욱 세상을 알 수 없게 되어 그저 술에만 매달렸습니다. 얼굴 표정은 극도로 비열해졌고 아침부터 소주를 마셔대자 이가 뭉텅뭉텅 빠졌으며 만화도 거의 외설스런 그림만 그리게 되었습니다. 아니, 정확하게 말하겠습니다. 저는 그 무렵부터 춘화를 베껴 밀매하기 시작했습니다. 술을 살 돈이 필요했기 때문입니다.

아직도 제 눈을 피하면서 쩔쩔매는 요시코를 보면 저 녀석은 경계심이라고는 조금도 없는 여자니까 그 장사치랑 그런 게 처음이 아닌지도 몰라. 혹시 호리키하고도? 어쩌면 내가 모르는 사람하고도? 하는 식으로 의혹은 점점 더 커져만 갔습니다.

그렇다고 제가 과감하게 따져 물을 용기가 있는 사람도 아니다 보니 그저 불안과 공포에 시달리며 술을 마셔대고 취하면 술기운을 빌려 슬그머니 비굴한 유도심문을 조심조심 해보기도 하고, 속으로는 어리석게도 웃었다 울었다 하면서 겉으로는 호들갑스럽게 광대 짓을 하며 요시코에게 역겨운 지옥의 애무를 하다 잠에 곯아떨어지는 것이었습니다.

그해 말쯤이었습니다. 한껏 취해 밤늦게 집에 돌아온 저는 설탕물을 마시고 싶었습니다. 요시코는 잠든 것 같았습니다. 저는 직접 부엌으로 가서 설탕 단지를 찾아들고 뚜껑을 열었습니다. 그런데 단지 안에 설탕은 없고 웬 길쭉한 검은색 종이 상자가 들어 있었습니다. 별 생각 없이 손에 들었다가 그 상자에 붙어 있는 라벨을 보고 저는 깜짝 놀랐습니다. 손톱으로 라벨을 반 넘게 벗겨냈지만 영어 글씨 부분은 그대로 남아 있었던 것입니다. 거기에 또렷하게 적힌 글자는 DIAL!

다이얼

그 무렵에는 술에 젖어 살다 보니 수면제를 복용하지는 않았지만 불면은 제 지병이나 마찬가지였기 때문에 수면제라면 대부분 알고 있었습니다. 상자는 아직 개봉되지 않은 상태였지만 다이얼 1상자면 치사량 이상일 게 분명했습니다.

언젠가는 일을 저지를 생각으로 요시코는 이런 곳에, 라벨까지 벗겨서 감춰두었구나. 가엾게도 요시코는 라벨에 적힌 영어를 읽지 못해 손톱으로 반만 긁어내고는 약 이름을 지운 줄 알았겠지요.

요시코, 너에게는 죄가 없어!

저는 소리 나지 않게 컵에 물을 따랐습니다. 조심조심 상자를 열어 약을 모두 입에 털어 넣고 컵의 물을 마신 다음 전깃불을 끄고 그대로 잠이 들었습니다.

사흘 밤낮을 죽은 듯 잤다고 합니다. 의사는 과실로 보고 경찰 신고를 미뤄주었다고 합니다. 정신이 들기 시작하면서 맨 처음 중얼댄 말이 "집에 갈 거야"였답니다. 집이라니 어느 집을 말하는 건지 저도 모르겠지만 어쨌든 그러고는 서럽게 울었다고 합니다.

눈을 뜨자 서서히 안개가 걷히고 머리맡에 심사가 단단히 뒤틀린 표정의 넙치가 앉아 있었습니다.

"저번에도 연말이었거든요. 연말에는 가뜩이나 눈코 뜰 새 없이 바쁜데 해마다 이렇게 연말만 노려서 말썽을 피우니 내가 아주 죽겠다니까요."

넙치의 앞에 앉아 듣고 있는 사람은 교바시 바의 마담이었습니다.

"마담."

저는 마담을 불렀습니다.

"앗, 정신이 들었어?"

마담은 웃는 얼굴로 제 얼굴을 덮을 것처럼 바짝 들여다보며 말했습니다.

저도 모르게 눈물이 뚝뚝 흘렀습니다.

"요시코랑 헤어지게 해 줘."

전혀 생각지도 못했던 말이 불쑥 튀어나왔습니다.

마담은 숙였던 허리를 펴면서 희미하게 한숨을 내쉬었습니다.

거기다 대고 저는 또 전혀 생각지도 못했던 말을 내뱉었습니다. 우습다고 해야 할지 멍청하다고 해야 할지 대체 무슨 생각으로 그런 말을 했는지 모르겠습니다.

"여자가 없는 곳으로 가고 싶어."

"우하하하!"

넙치가 큰소리로 웃음을 터뜨리자 마담도 쿡쿡 웃기 시작했습니다. 눈물을 뚝뚝 흘리면서 저도 얼굴을 시뻘겋게 물들인 채 씁쓸히 웃었습니다.

"그래, 맞아! 그게 좋겠네요."

넙치는 한참을 낄낄 웃다가 간신히 말했습니다.

"여자가 없는 곳으로 가는 게 좋겠어요. 여자가 있는 곳은 아무래도 안 되겠어. 여자가 없는 곳이라…… 아주 좋은 생각입니다."

이 멍청한 헛소리는 나중에 너무나도 비참한 형태로 실현되었습니다.

요시코는 제가 자기 대신 독을 먹은 거라고 생각하는지 전보다 더 쩔쩔매면서 제가 무슨 말을 해도 통 웃지도 않고 말 한마디 제대로 못했습니다. 그러다 보니 저도 집 안에 있기가 갑갑해 자꾸만 바깥으로 나돌면서 여전히 싸구려 술을 마시게 되었습니다. 수면제 사건이 있은 뒤로는 몸도 부쩍 수척해졌고 팔다리도 나른해져서 만화 작업도 점점 게을리하게 되었습니다.

넙치가 매달 문안차 와서 돈을 놓고 가기 시작했습니다. 넙치는 늘 '제 성의입니다' 하며 마치 자기 지갑을 턴 것처럼 돈을 내밀었지만 알고 보니 이것도 역시 고향의 형님들이 보내 준 돈이었습니다.

그때쯤에는 저도 넙치의 그런 허세 연기를 어렴풋이나마 간파할 능력이 생겼기 때문에 저도 머리를 써서 전혀 눈치 채지 못한 척하며 고분고분 넙치에게 고맙다는 말을 했지만 도대체 형님들이 왜 쓸데없이 일을 그렇게 복잡하게 처리하는지 참 얄궂기만 했습니다.

한 번은 넙치가 놓고 간 돈으로 큰맘 먹고 혼자 미나미이즈의 온천에 요양하러 갔습니다. 하지만 느긋하게 온천 여행을 즐길 주제도 못되는지, 요시코만 생각하면 몸서리나게 외롭고 서러워져서 탕에도 한 번 들어가지 않은 채 그대로 밖으로 뛰쳐나가 지저분한 찻집 비슷한 곳에 들어가서는 소주를 뒤집어쓰듯이 마셔 오히려 몸을 더 망가뜨린 상태로 도쿄에 돌아오고야 말았습니다.

그날은 도쿄에 큰 눈이 내렸습니다. 술에 취한 저는 여기는 고향 땅에서 몇백 리인가, 노래를 중얼거리며 끝도 없이 내려쌓이는 눈을 발끝으로 차듯이 긴자의 뒷골목을 걷다가 별안간 구토를 했습니다. 최초의 각혈이었습니다. 눈 위에 커다란 일장기가 그려졌습니다. 저는 한참을 그대로 웅크리고 앉아 있다가 깨끗한 눈을 두 손으로 가득 퍼서 얼굴을 닦으며 울었습니다.

여기는 어드메 오솔길인가,
여기는 어드메 오솔길인가.

어딘가 저 멀리서 어린 소녀의 가련한 노랫소리가 환청처럼 희미하게 들렸습니다.

불행

세상에는 불행한 사람들이 아주 많습니다. 아니, 어쩌면 불행한 사람들만 있다고 해야 할지도 모르겠습니다. 그래도 세상 사람들의 불행은 세상을 향해 당당히 항의할 수 있는 불행이고, 세상 또한 그 사람들의 항의를 너그럽게 이해해 주고 동정해 줍니다.

하지만 저의 불행은 모두 저의 죄악에서 비롯된 것이라 누구에게 항의할 수도 없고, 혹시 우물쭈물 한 마디라도 항의 비슷한 말을 꺼냈다가는 넙치는 물론이고, 세상 모든 사람들이 트인 입이라고 뻔뻔하게 지껄인다며 기막혀 할 것입니다. 제가 난봉꾼인지, 아니면 그냥 너무 심약한 것뿐인지 아무리 생각해도 모르겠지만 어쨌든 죄악 덩어리인 것만은 틀림없는 것 같습니다. 끝도 없이 불행 속으로 자신을 몰아넣기만 할 뿐 그것을 멈추게 할 구체적인 방법이라곤 아무 것도 없습니다.

저는 일단 무슨 약이든 먹어야겠다 싶어 근처 약국에 들어갔습니다. 약국 부인과 눈이 마주친 순간, 부인은 플래시 세례라도 받은 것처럼 고개를 번쩍 들고 눈을 휘둥그레 뜬 채 그대로 얼어붙었습니다. 경악의 빛이나 혐오의 빛이 아닌, 거의 구원을 요청하는 듯한, 연모하는 듯한 빛이 크게 뜬 두 눈에 어려 있었습니다.

아, 이 사람도 불행한 사람이구나, 불행한 사람은 남의 불행에도 민감한 법이지.

문득 그 부인이 목발을 짚고 아슬아슬하게 서 있다는 사실을 깨달았습니다. 당장 곁으로 가 부축해 주고 싶은 마음을 누른 채 부인과 마주 보고 있는 사이 주르륵 눈물이 흘렀습니다. 그러자 부인의 커다란 눈에서도 눈물이 뚝뚝 흘렀습니다. 저는 그대로 약국을 나와 휘청휘청 집으로 돌아왔습니다. 요시코에게 소금물을 타 달라고 해서 마시고 나서 말없이 잠자리에 들었고 다음 날도 감기 기운이 있다고 둘러대며 하루 종일 잤습니다.

밤이 되자 아무래도 각혈이 걱정 돼서 자리를 털고 일어나 그 약국에 갔습니다. 이번에는 웃으며 약국 부인에게 지금 몸 상태를 털어놓은 뒤 상담을 했습니다.

"술을 삼가야겠어요."

마치 피붙이 같은 느낌이 들었습니다.

"알코올중독인 것 같습니다. 지금도 마시고 싶어요."

"안 돼요. 제 남편도 폐결핵이었는데 술로 결핵균을 죽이겠다며 술독에 빠져 살다 명을 재촉했어요."

"불안해 죽겠어요. 무서워서 견딜 수가 없어요."

"약을 드릴게요. 술은 꼭 끊어요."

부인은 미망인이었는데 하나 있는 아들이 지바인지 어디인지 의대에 입학했다가 얼마 지나지 않아서 아버지와 같은 병에 걸려 휴학하고 입원 중이며, 집에는 중풍에 걸린 시아버지가 누워 있고 부인은 다섯 살 때 앓은 소아마비로 한쪽 다리를 전혀 쓰지 못한다고 했습니다. 부인은 목발을 짚고 이쪽 선반, 저쪽 서랍을 뒤적거리며 이것저것 약을 조제해 주었습니다.

이건 조혈제, 이건 비타민 주사액, 이건 주사기, 이건 칼슘 정제, 이건 위장이 상하지 않도록 디아스타제 하며 부인은 다정하게 대여섯 종류의 약품을 설명해줬는데 이 불행한 부인의 애정 역시 제게는 지나치게 깊은 것이었습니다. 마지막으로 부인이, 이건 도저히 술을 참을 수 없을 때만 먹으라며 재빠른 동작으로 종이에 싸 준 작은 상자는 바로 모르핀 주사액이었습니다.

술보다는 덜 해롭다고 부인도 말했고 저도 그 말을 믿었습니다. 그러잖아도 술의 취기가 불결하게 느껴지기 시작한 참이었고 오랜만에 알코올이라는 더러운 마귀한테서 벗어날 수 있겠다는 기쁨에 아무런 망설임 없이 저는 제 팔에 모르핀 주사를 놓았습니다.

불안감도 수줍음도 깨끗하게 사라지고 저는 지극히 명랑한 달변가가 되었습니다. 몸이 쇠약해져 있다는 사실도 까맣게 잊은 채 만화 작업에 열심히 매달릴 수 있었고, 제 손으로 그리면서도 웃음이 터져 나올 만큼 기발한 아이디어들이 마구 떠올랐습니다.

하루에 1번만 맞으려고 했는데 어느새 2번이 되고 4번이 되었습니다. 이제 저는 이미 모르핀이 없으면 일을 할 수 없는 상태가 되어 버렸습니다.

"안 돼요, 중독되면 큰일 나요."

약국 부인의 말을 듣고 나니 저는 이미 심각한 중독환자가 된 것 같은 기분이 들었습니다.

저는 정말 남의 암시에 쉽게 빠져듭니다. '이 돈은 쓰면 안 돼'라고 말해 놓고 '하긴 널 믿는 게 바보지만'이라는 말을 덧붙여 버리면 저는 왠지 그 돈을 쓰지 않으면 안 될 것 같고 기대를 배신하는 것 같아서 곧장 그 돈을 써버리는 것입니다. 중독의 불안 때문에 저는 오히려 약이 더 간절해졌습니다.

"부탁이에요! 딱 한 상자만 더 주세요. 계산은 월말에 꼭 할 게요."

“계산이야 언제 하든 상관없어요. 하지만 경찰이 귀찮게 해서.”

아, 저에게는 이렇게 늘 탁하고 어둡고 수상한 음지인의 기운이 따라다니는 것입니다.

“어떻게든 대충 얼버무려 주실 수 있잖아요. 부탁이에요, 부인. 키스해 드릴게요.”

부인의 얼굴이 붉게 물들었습니다.

저는 이때다 싶어 물고 늘어졌습니다.

“약이 없으면 일을 할 수가 없어요. 그 약은 저에게 그냥 정력제 같은 거라고요.”

“그럼 차라리 호르몬 주사를 맞지 그래요.”

“제가 바보인 줄 아세요? 술이든 그 약이든 둘 중 하나여야만 해요. 아니면 전 일을 할 수가 없어요.”

“술은 안 돼요.”

“그렇죠? 그 약을 쓴 뒤로 술은 한 방울도 안 마셨어요. 그래서 그런지 몸이 아주 좋아진 것 같아요. 저도 언제까지 허접한 만화나 그리고 있을 수는 없잖아요. 이제 술을 끊고 건강한 몸을 만들어서 공부도 하고 훌륭한 화가가 될 거예요. 지금이 저에겐 정말 중요한 때예요. 그러니까 제발, 이렇게 부탁할 게요. 키스해 드릴까요?”

부인은 웃음을 터뜨리며 대답했습니다.

"골치 아프게 됐네. 중독 돼도 난 책임 못 져요."

또각또각 소리 내며 부인은 약을 꺼내왔습니다.

"한 상자는 못 줘요. 줘 봤자 금방 다 써 버릴 테니까. 반 상자만 줄게요."

"아, 정말 쩨쩨하게…… 좋아요, 어쩔 수 없죠."

집에 돌아오기가 무섭게 저는 주사를 놓았습니다.

"안 아파요?"

요시코가 우물쭈물하며 제게 물었습니다.

"아프지. 하지만 작업 능률을 올리려면 어쩔 수 없어. 요즘 나 활기찬 거 봤지? 자, 일을 해 보자, 일, 일."

저는 기운이 펄펄 나서 대꾸했습니다.

한밤중에 약국 문을 두드린 적도 있었습니다. 잠옷 차림으로 또각또각 목발을 짚고 나타난 부인에게 갑자기 달려들어 키스하면서 우는 척하면, 부인은 말없이 약 상자를 건네주었습니다.

이 약도 술과 마찬가지였습니다. 아니 술보다 훨씬 끔찍하고 불결한 것이었습니다. 하지만 그 사실을 사무치게 깨달았을 때 저는 이미 완전한 중독자가 되어 있었습니다. 저는 파렴치의 끝을 달렸습니다.

약을 구하기 위해 다시 춘화를 복제하기 시작했고 불구의 그 약국 부인과 추악한 관계까지 맺었습니다.

죽고 싶다, 차라리 죽고 싶다. 이젠 돌이킬 수 없다. 무슨 일을 해도 부끄러움에 부끄러움을 덧칠하게 될 뿐이다. 자전거를 타고 아오바 폭포에 가다니, 나 따위가 바라서는 안 될 일이었다. 추잡한 죄에 한심한 죄가 겹쳐 고뇌만 커지고 강렬해질 뿐이다.

죽고 싶다, 죽어야만 한다!

살아있는 것 자체가 죄악이다.

이런 생각들로 몸부림치면서도 집과 약국 사이를 반미치광이 꼴로 오락가락했습니다. 아무리 일을 해도 약의 사용량이 같이 늘어갔기 때문에 빌린 약값은 어마어마한 액수가 되었습니다. 부인은 제 얼굴만 보면 눈물을 흘렸고 저도 울었습니다.

지옥

이 지옥에서 벗어나기 위한 마지막 수단으로 저는 아버지 앞으로 긴 편지를 썼습니다. 이것마저 실패한다면 그때는 목을 매는 수밖에 없다는 굳은 결심을 하고 제 모든 사정을—여자 문제는 아무래도 쓰지 못했습니다만—고백했습니다.

하지만 아무리 기다려도 답장은 오지 않았고, 초조감과 불안감 때문에 약의 양만 더 늘고 말았습니다.

오늘 밤에는 주사 10대를 한꺼번에 맞고 큰 강에 몸을 던져버리겠다고 남몰래 각오한 날 오후였습니다. 악마적인 감각으로 냄새를 맡기라도 한 것처럼 넙치가 호리키를 데리고 제 앞에 나타났습니다.

"너, 각혈했다며?"

호리키는 제 앞에 책상다리를 하고 앉아 다정하게 웃어주었습니다. 지금까지 그렇게 다정하게 웃는 그의 얼굴은 본 적이 없었습니다. 그 다정한 웃음이 고맙고 기뻐서 저는 눈물이 났습니다. 하지만 나중에 알고 보니 그 다정한 웃음은 저를 완전히 무너뜨리고 매장시키려는 계략이었습니다.

저는 자동차에 실렸습니다. 뒷일은 알아서 할 테니 일단 입원부터 하자며 넙치도 조용조용한 말투로 저를 설득했습니다. 저는 의지고 판단이고 없는 사람처럼 훌쩍훌쩍 울면서 두 사람이 하라는 대로 했습니다. 요시코까지 해서 우리 넷은 꽤 오래 차를 타고 가다 사방이 어둑해졌을 때쯤 숲 속에 있는 커다란 병원 입구에 도착했습니다. 저는 당연히 결핵 요양소일 거라고 생각했습니다. 젊은 의사가 아주 나긋나긋하고 정중하게 저를 진찰하고 나서 수줍게 웃으며 말했습니다.

"한동안 여기서 요양을 하시는 게 좋겠습니다."

넙치와 호리키, 그리고 요시코는 곧 돌아가기로 했습니다. 요시코는 갈아입을 옷가지가 든 보따리를 저에게 준 다음 말없이 허리띠 안에서 주사기와 남아있던 그 약을 꺼냈습니다. 역시 정력제라고 생각했던 걸까요.

"아니야, 이제 필요 없어."

누가 권하는 것을 거부하다니 저로서는 처음이었습니다. 제 불행은 거부할 능력이 없었던 것에서 비롯되었습니다. 권하는 것을 거부하면 상대의 마음에도 제 마음에도 영원히 메울 수 없는 깊은 골이 생길 것 같은 공포에 떨고 있었던 겁니다.

그런데 그때 거의 반미치광이가 되어 있던 저는 그토록 원하던 모르핀을 아주 자연스럽게 거부했습니다. 요시코의 거의 신적인 무지에 감동한 걸까요? 저는 그 순간 이미 중독에서 벗어났는지도 모릅니다.

하지만 저는 그 뒤 곧바로 수줍게 웃는 젊은 의사를 따라 병동에 들어갔고, 다음 순간 철커덩하며 자물쇠가 채워지는 소리를 들었습니다.

정신병원이었습니다. 여자가 없는 곳으로 가고 싶다고 했던, 수면제 사건 때의 제 어리석은 헛소리가 참으로 얄궂은 형태로 실현된 것이었습니다. 그 병동에는 남자 미치광이들뿐인 데다 간호사들까지 남자여서 여자라고는 그림자도 보이지 않았습니다.

이제 저는 죄인은 고사하고 아예 미치광이가 되었습니다. 아닙니다. 저는 절대로 미치지 않았습니다. 단 한 순간도 미친 적은 없습니다. 하지만 미치광이들은 보통 그렇게들 말한다고 합니다. 한마디로 말해 이 병원에 수용된 자들은 미치광이이고 수용되지 않은 자들은 정상인이라는 겁니다.

신께 묻습니다. 무저항은 죄가 되나요?

호리키의 그 신기할 정도로 다정하고 아름답던 웃음에 저는 눈물을 쏟아내며 판단이고 저항이고 할 생각조차 못한 채 자동차에 실려 여기까지 왔고, 미치광이가 되었습니다. 당장 여기서 나간들 제 이마에는 역시 미치광이, 아니 폐인이라는 낙인이 찍히게 되겠지요.

이제 저는 완전히 인간이 아니게 되었습니다. 이곳에 처음 온 게 초여름이라 쇠창살이 박힌 창밖으로 병원 뜰의 작은 연못에 붉은 수련 꽃이 피어 있는 게 보였는데 그 뒤로 석달이 지나 뜰에 코스모스가 피기 시작했을 무렵 뜻밖에도 큰형님이 넙치를 대동하고 저를 데리러 왔습니다. 아버지가 지난달 말에 위궤양으로 돌아가셨다고 했습니다.

"이제 네 과거는 묻지 않겠다. 먹고사는 문제도 해결해 줄 테니 넌 아무것도 안 해도 괜찮아. 대신 당장 도쿄를 떠나 시골에서 요양 생활을 하자. 네가 도쿄에서 저지른 일들은 모두 시부타가 처리해 놓았을 테니 그런 건 걱정하지 말고."

고지식하고 긴장한 듯한 말투로 큰형님이 말했습니다. 고향의 산하가 눈앞에 어른거렸습니다. 저는 작게 고개를 끄덕였습니다.

그야말로 폐인

아버지가 돌아가셨다는 말을 듣고나서 저는 완전히 넋 나간 인간이 되었습니다.

아버지가 없다!
내 가슴속에서 단 한순간도 떠난 적 없던
그 그립고도 무서운 존재가 이제는 없다!

제 고뇌의 항아리가 텅 빈 느낌이었습니다. 제 고뇌의 항아리가 유난히 무거웠던 것이 다 아버지 탓이었던 게 아닐까 싶을 정도였습니다. 모든 의욕이 사라져버렸습니다. 고뇌할 능력조차 사라져버렸습니다.

큰형님은 약속한 것들을 모두 정확하게 실행해 주었습니다. 태어나고 자란 고향 동네에서 기차로 네댓 시간을 남쪽으로 내려간 곳에, 도호쿠 지방에서는 드물게 따뜻한 바닷가 온천지가 있었는데, 그 마을 변두리에 있는 초가집 한 채를 사주었습니다.

방은 다섯 칸이나 되지만 얼마나 오래됐는지 벽이 다 흘러내리고 기둥은 온통 벌레 먹어서 수리는 엄두도 못

낼 지경이었습니다. 그리고 예순이 다 된 머리카락 색이 지독히도 빨간 추한 하녀를 한 명 붙여주었습니다.

3년 남짓 세월이 흘렀습니다. 저는 데츠코라는 늙은 하녀한테 몇 번이나 해괴망측한 짓을 당하면서 때로는 부부싸움 비슷한 것도 하게 됐고, 가슴의 병은 좋아졌다 나빠졌다, 살은 올랐다 빠졌다, 각혈은 하다가 안 하다가 하고 있었습니다.

어제는 데츠코에게 마을 약국에 가서 칼모틴을 사오라고 했더니 평소 사오던 상자와 다른 모양의 상자를 들고 왔기에 그런가 보다 하고 있다가 자기 전에 10알을 먹었습니다. 그런데 통 잠이 안 와서 이상하다, 왜 잠이 안 오지? 하고 있는데 배가 아파서 급히 변소로 가니 심한 설사가 나왔습니다. 그 뒤로도 3번이나 연달아 변소에 가야 했습니다. 아무래도 이상해서 약 상자를 자세히 보니 헤노모틴이라는 설사약이었습니다.

저는 드러누워 배에 유탄포(따뜻한 물을 넣은 통)를 얹으며 데츠코에게 한마디 해야겠다고 생각했습니다.

"이건 칼모틴이 아니고 헤노모틴이잖아."

그렇게 입을 열었다가 제풀에 그만 흐흐 웃고 말았습니다. 폐인이란 아무래도 희극 명사인 모양입니다. 잠을 자겠다고 설사약을 먹고, 그 설사약 이름이 헤노모틴이라니. 지금 저는 행복하지도 불행하지도 않습니다.

모든 것은 지나갑니다.

제가 지금까지 지옥처럼 느끼며 살아온 인간 세상에서 딱 하나 진리 같다고 느낀 것은 그것뿐이었습니다.

모든 것은 지나갑니다.

저는 올해 스물일곱이 됩니다. 흰머리가 부쩍 늘어서 사람들은 대부분 저를 40이 넘은 나이로 봅니다.

후기

나는 이 수기를 쓴 미치광이를 직접 본 적은 없다. 다만 이 수기에 나오는 교바시의 스탠드바 마담으로 짐작되는 인물은 조금 알고 있다. 아담한 체구에 얼굴빛은 좋지 않고 눈은 가느다랗게 위로 찢어졌으며 코는 오뚝한데, 미인이라기보다는 미남이라고 하는 게 맞다 싶을 정도로 탄탄한 느낌을 주는 사람이었다.

이 수기를 쓴 남자가 도쿄에 있었던 시기는 1930년에서 1932년 사이로 보이는데 내가 그 교바시의 스탠드바에 친구를 따라 두어 번 들러 하이볼(탄산수를 탄 위스키)을 마신 건 일본의 군부가 슬슬 노골적으로 날뛰기 시작한 1935년 무렵이었으니까 이 수기를 쓴 남자와 직접 볼 일은 없었던 셈이다.

올해 2월, 나는 지바 현 후나바시 시에 피난 가 있는 친구를 찾아갔다. 그 친구는 내 대학 동기로 지금은 모 여대에서 강사 노릇을 하고 있는데, 전에 이 친구에게 내 친척의 혼담을 부탁한 것도 있고, 가는 김에 신선한 해산물을 좀 구입해 식구들에게 먹이자 싶어서, 배낭을 둘러메고 후나바시 시까지 갔던 것이다.

후나바시 시는 흙탕물이 되어버린 바다를 마주하고 있는 제법 큰 도시였다. 그곳에 사는 사람들에게 새로운 주민인 그 친구의 집을 주소를 대며 물어봐도 도무지 아는 사람이 없었다.

추운 데다가 배낭을 멘 어깨도 슬슬 아파서 나는 레코드에서 흘러나오는 바이올린 소리에 이끌려 어느 찻집 문을 밀고 들어갔다.

그곳 마담의 얼굴이 왠지 눈에 익었다. 알고 보니 10년 전에 교바시에서 작은 바를 운영했던 바로 그 마담이었다. 마담도 나를 바로 기억해냈다. 우리는 서로 호들갑스럽게 반색하며 웃었다. 그리고 이런 시기에 다들 그러듯이 저번 공습 때 집이 불타 길에 나앉은 경험담을 피차 묻지도 않았는데 자랑하듯 떠들어댔다.

"그나저나 안 변하셨네요."

"아유, 이제 할머니가 다 됐는데요, 뭘. 온몸이 삐걱거려요. 그러는 그쪽이야말로 여전히 젊네요."

"당치도 않습니다. 벌써 아이가 셋이나 되는 걸요. 오늘은 그 녀석들을 위해 장이나 볼까 해서 왔어요."

그렇게 오랜만에 만난 사람들끼리 흔히 하는 인사를 나누고 아는 사람들의 소식을 물어보기도 했는데, 문득 마담이 정색을 하며 혹시 요조를 아느냐고 물었다. 내가 모른다고 하자 마담은 안으로 들어가더니 노트 3권과 사진 3장을 들고 나와 나에게 건네주며 말했다.

"혹시 소설 소재가 될지 한 번 보세요."

나는 다른 사람이 억지로 들이미는 소재는 좀 질색하는 편이라 받는 순간 그 자리에서 바로 돌려주려고 생각했다. 하지만 앞서 서문에도 썼지만 그 사진 3장이 어찌나 기괴하던지 그 사진에 마음이 동해 우선 노트를 받아두기로 하고 돌아가는 길에 다시 들르겠다고 했다.

그리고 혹시 무슨 동네 몇 번지의 아무개 씨라고 여대 선생을 하는데 그 사람 집을 아느냐고 물어봤더니 역시 이 지역의 새로운 주민들끼리는 서로 알고 있었다. 그는 퇴근길에 가끔 이 찻집에도 들른다는 것이었다. 바로 근처였다.

그날 밤, 친구와 가볍게 술을 마신 뒤 그 집에서 하룻밤 신세를 지기로 했는데 그 노트를 읽기 시작하자 도저히 멈출 수가 없어서 꼬박 밤을 새우고 말았다. 배경이 좀 옛날이긴 하지만 현대인이 읽어도 꽤 흥미진진할 것 같았고, 어설프게 내가 글을 건드리느니 이대로 발표하는 편이 훨씬 의미 있는 일일 거라는 생각이 들었다.

아이들에게 줄 해산물은 그냥 건어물로만 골라 샀다. 나는 배낭을 메고 친구 집을 나와 다시 찻집에 들러 곧바로 말을 꺼냈다.

"어제는 고마웠습니다. 그리고 이 노트 말인데요. 제가 한동안 빌려도 되겠습니까?"

"네, 그럼요."

"이 분 아직 살아있나요?"

"글쎄, 그건 저도 모르겠어요. 10년 전쯤에 교바시에 있는 가게로 소포가 왔는데 그 노트와 사진이 들어 있더라고요. 보낸 사람은 당연히 요조일 텐데 소포에 주소도 이름도 적혀 있지 않았어요. 일부러 챙긴 것도 아닌데 공습 때 다른 물건들 틈에 섞여 이것도 신기하게 무사히 남아 있더라고요. 나도 얼마 전에야 처음으로 끝까지 읽어봤어요……"

"울었나요?"

"아니요, 울었다기보다는…… 끝났지 싶었죠. 인간이 그렇게까지 돼서야…… 이미 끝난 거죠."

"그게 10년 전 일이면 죽었을지도 모르겠네요. 이 노트는 마담한테 고맙다는 인사 차원으로 보낸 거겠죠. 이 노트를 믿고 맡길 사람이 마담밖에 없었는지도…… 과장된 부분도 좀 있는 것 같지만 어쨌든 마담도 피해를 많이 본 것 같네요. 그리고 이게 모두 사실이라면, 그리고 내가 이 사람 친구였다면 역시 정신병원으로 데리고 갔을지도 모르겠어요.."

"그 사람 아버지가 나쁜 거예요."

마담은 무심한 얼굴로 말했다.

"요조는 정말 순수하고 재치 있고, 술만 안 마셨더라면, 아니, 술을 마셨어도…… 요조는 정말 하느님처럼 착한 친구였어요."

작가 연보

1909년 본명은 츠시마 슈지. 아오모리 현 쓰가루 군 카나기마치에서 11남매 중 여섯째 아들로 태어났다. 아버지 츠시마 겡에몬은 대지주였고, 가족과 하인들을 포함해서 30여명이 한 집에서 살았다.

1922년 카나기 제일심상 소학교 수석 졸업, 아버지는 고액납세자로서 귀족원(현 참의원) 의원으로 선출.

1923년 아오모리 중학교에 입학, 아버지 별세.

1927년 히로사키 고등학교 문과에 입학.

7월 당시 심취해 있던 아쿠타가와 류노스케의 자살 소식에 큰 충격을 받고 학업을 포기, 화류계에 드나들기 시작했고 기생 오야마 하츠요를 만남.

1929년 고교신문과 동인지를 통해 작품을 발표.

12월 10일 하숙집에서 수면제를 먹고 자살을 기도했지만 실패.

1930년 3월 고등학교 졸업.

4월 도쿄 제국대학(현 도쿄 대학) 불문과에 입학.

7월 《학생군》을 아오모리 지방의 동인지 《좌표》에 발표하면서 정치 운동에 관여하기 시작함.

11월 긴자의 카페 호스티스인 타나베 아츠미를 만나 동반자살을 기도. 아츠미만 죽고, 자살 방조죄 혐의를 받지만 기소유예 처분을 받음.

1933년 다자이 오사무라는 필명으로 《열차》를 《선데이 토오쿠》에 발표.

1935년 《문예》에 소설 《역행》을 발표하고 이 작품으로 제1회 아쿠타가와 상 차석을 차지함.

3월 15일 카마쿠라 산중에서 목매어 자살을 기도하지만 실패. 《일본 로망파》에 합류하여 단편 《다스. 게마이네》를 발표.

1936년 첫 번째 소설집 《만년》 간행. 마약 중독으로 정신병원에 수용됨.

1937년 타니가와다케 산기슭에 있는 온천에서 오야마 하츠요와 동반자살을 기도하지만 실패. 하츠요와 헤어지고 단편 《허구의 봄》 《20세기 기수》 발표.

1938년 7월 《모사》를 쓰기 시작.

11월 츠루 고등여학교 교사인 이시하라 미치코와 약혼.

1939년 미치코와 결혼 후 국민신문의 단편소설 경연에 《황금 풍경》 당선.
1940년 단편 《달려라 메로스》 발표.
1941년 장편 《신 햄릿》 완성.
1943년 단편 《부악 백경》 발표.
1945년 단편 《옛날 이야기》 발표.
1947년 《사양》으로 젊은이들의 열렬한 지지를 받으며 무뢰파 작가, 데카당스 문학의 대표 작가로 불림.
1948년 자전적 수기 형식의 소설 《인간 실격》 탈고.
6월 13일 《굿바이》를 집필하던 중 유서를 남기고 도쿄 미타카의 다마 강 수원지에 연인과 함께 투신하여 39세의 짧은 삶을 마감.

마음을 풍요롭게 바꾸는 필사의 즐거움

필사노트

NO.

년

월

열린
문학

인간 실격

	읽은 날짜	책제목
01	–	
02	–	
03	–	
04	–	
05	–	
06	–	
07	–	
08	–	
09	–	
10	–	
11	–	
12	–	
13	–	
14	–	
15	–	

작가	페이지	출판사	평가
			그저 그래 / 재미 있어 / 완전 감동

01	책제목	작가

좋은 구절

요약 및 느낀점

02	책제목	작가

좋은 구절

요약 및 느낀점

01	책제목	작가

좋은 구절

요약 및 느낀점

02	책제목	작가

좋은 구절

요약 및 느낀점

1. 가면과 연기의 삶

나는 사람을 두려워한다.

사람들 사이에서 살아가는 법을 나는 알지 못했다.

나는 단 한 번도 진심으로 웃어본 적이 없었다.

나는 항상, 웃음을 연기했다.

바보처럼 굴면, 세상은 나를 그냥 내버려뒀다.

내가 할 수 있었던 건, 사람을 흉내 내는 일이었다.

나의 진심은 언제나 숨겨져 있었다.

모두가 연기를 하고 있는 것 같았다.

나는 웃는 얼굴로 절망을 감췄다.

어릴 적부터 나는 '진짜 나'가 아니었다.

나는 나 아닌 누군가가 되기 위해 살아왔다.

연기하지 않으면 살아남을 수 없었다.

내 안의 나는, 언제나 침묵하고 있었다.

나는 나를 숨겼고, 그 속에서 천천히 무너졌다.

진실한 말을 하면 사람들은 나를 피했다.

나는 사람들이 원하는 모습으로만 존재했다.

웃음은 나의 방어기제였다.

나는 진실을 말하지 않았고, 그래서 살아남았다.

아무도 내 진짜 모습을 본 적이 없다.

나는 거울 앞에서도 가면을 벗지 못했다.

사람들 앞에서 나는 한 번도 나였던 적이 없다.

나는 나 자신이 아닌 사람으로 살아가는 데 익숙해졌다.

거짓된 내가 진짜가 되어버렸다.

나는 나를 속이면서 살았다.

외로움을 감추는 데 나는 능숙했다.

세상은 연기를 잘하는 자에게 더 관대했다.

나는 마음을 감추는 법만 배웠다.

'괜찮아'라는 말은 내 삶의 대사였다.

사람들은 나의 침묵을 이해하지 못했다.

나는 진심을 드러낼 용기가 없었다.

2. 인간 혐오와 사회 부적응

나는 인간으로 살아가는 데 서툴렀다.

나는 인간이라는 생물이 두려웠다.

사람들의 말은, 언제나 나를 상처 입혔다.

나는 인간의 감정을 이해하지 못했다.

세상의 논리는 나에겐 너무나 가혹했다.

나는 한 번도 진정으로 사회의 일부가 되어본 적이 없다.

세상은 나에게 적대적이었다.

나는 사람들이 두려워서 웃었다.

나는 항상 외부인이었다.

누구와도 친해지지 못했고, 누구에게도 이해받지 못했다.

내가 이해받지 못하는 이유를 설명할 수 없었다.

인간관계는 나에게 고통의 근원이었다.

나는 누구의 편도 될 수 없었다.

나는 사회 속에 있지만, 결코 속하지 않았다.

누구도 나를 온전히 받아들이지 않았다.

2. 인간 혐오와 사회 부적응

인간 사이의 대화는 나에게 너무 어려운 것이었다.

나는 아무와도 진심을 나누지 못했다.

친절한 말도, 나에겐 날카로운 칼날이었다.

사람들의 시선은 항상 나를 질식시켰다.

나는 그 어떤 집단에서도 이질적이었다.

'정상'이라는 말은 나를 배제했다.

인간의 언어는 내게 낯설고 멀게 느껴졌다.

사람들의 논리는 나를 자꾸만 바깥으로 몰아냈다.

인간에게서 나는 위선을 보았다.

그들은 웃으며 공격했다.

나는 언제나 한 걸음 떨어져 있었다.

가까워질수록 더 멀어진다는 걸 알게 되었다.

인간이라는 생물 자체에 적응하지 못했다.

나는 그저 방관자처럼, 세상을 구경했다.

누구도 나를 이해하지 못했고, 나도 마찬가지였다.

3. 고독, 절망, 붕괴

고독은 나의 운명이었다.

나는 혼자라는 사실에 점점 무감각해졌다.

절망은 언제나 나의 곁에 있었다.

나는 아무런 희망도 없이 하루를 시작했다.

매일 아침, 깨어나는 것이 두려웠다.

밤은 나를 안아주었고, 아침은 나를 밀어냈다.

삶이란 그저 버티는 것의 반복이었다.

나는 부서져도 아무도 눈치채지 않았다.

슬픔은 늘 내 곁에 조용히 있었다.

나는 살기 위해 죽음을 생각했다.

무너지는 마음을 붙잡을 방법이 없었다.

아무것도 느끼지 못하는 것이 더 편했다.

나는 감정 없는 껍데기였다.

나를 구해줄 이는 아무도 없었다.

삶은 나를 점점 잊게 했다.

3. 고독, 절망, 붕괴

나는 자신을 혐오하며 살아갔다.

희망이 없다는 것이 오히려 평안했다.

눈을 감으면, 조금은 편안했다.

살아 있다는 사실이 고통이었다.

나는 점점 사라지고 있었다.

나는 비명을 지를 수 없었다.

이 세계는 너무나 조용하고, 나는 너무 외로웠다.

무기력은 나를 휘감고 놓아주지 않았다.

아무도 내 진심을 들으려 하지 않았다.

삶에 대한 기대를 버린 뒤에도, 고통은 남았다.

나는 살아남았지만, 살아 있지 않았다.

죽음은 내 안에 천천히 자라났다.

나는 내가 싫었고, 그래서 세상도 미워졌다.

나를 잃는다는 건, 나를 해방시키는 일이기도 했다.

절망은 내 유일한 벗이었다.

4. 타락, 허무, 자기 혐오

나는 술에 기대어 버티었다.

쾌락은 나를 더 깊은 허무로 데려갔다.

타락은 고통을 잊게 했지만, 그만큼 더 아팠다.

나는 더 이상 나를 돌보지 않았다.

나는 모든 것에 무관심해졌다.

나는 망가져야 편안했다.

스스로를 더럽히는 것이 유일한 위안이었다.

나는 나를 망치는 데 능숙해졌다.

자존감이라는 것은 내 안에 없었다.

자기 혐오는 나의 일상이었다.

나는 더럽혀진 채로 남고 싶었다.

나는 이미 끝나버린 인간이었다.

나는 내 존재를 쓰레기처럼 느꼈다.

타락이 아닌 삶을 상상할 수 없었다.

나는 망가질수록 살아 있다고 느꼈다.

4. 타락, 허무, 자기 혐오

나는 무너지는 게 편했다.

나를 망치는 것이 유일한 자유였다.

내 몸은 살아 있었지만, 내 정신은 죽어 있었다.

모든 것이 부질없었다.

나는 삶의 의미를 끝내 찾지 못했다.

아무리 살아도, 살아 있다는 실감이 들지 않았다.

내 안에는 공허만이 자라고 있었다.

삶은 실패의 반복이었다.

나는 그 어떤 가능성도 믿지 않았다.

나는 존재하는 이유를 몰랐다.

존재는 의미 없는 반복이었다.

아무것도 남지 않을 것을 알면서도, 살아갔다.

나는 나를 싫어할수록 안심이 되었다.

나는 나를 구할 수 없다는 사실을 알고 있었다.

나는 결국, 인간으로서 실패했다.

5. 끝의 자각, 허무 속 평온

나는 이제 인간 실격이다.

인간이라는 단어조차 멀게 느껴졌다.

나는 인간이기를 포기했다.

그 누구도 나를 붙잡아주지 않았다.

끝이 가까워질수록 마음은 고요해졌다.

나는 결국 버려진 존재였다.

인간 사이에서, 나는 낯선 존재였다.

나는 조용히 사라지고 싶었다.

이 세상은 내 자리가 아니었다.

나의 마지막은 이미 오래전에 시작되었다.

나는 없어져야 편안했다.

죽음은 나를 기다려주고 있었다.

나는 더는 무언가가 되려 하지 않았다.

나는 그저, 사라지고 싶었다.

이제 아무도 원망하지 않는다.

5. 끝의 자각, 허무 속 평온

나는 다만, 인간이 될 수 없었을 뿐이다.

나는 아무런 저항도 없이 떠나가고 싶었다.

인간 실격 — 그것이 나의 결론이었다.

나는 나를 이해했다. 그리고 받아들였다.

누구도 아닌 나 자신을 용서했다.

나는 나였고, 나는 그걸 인정하기로 했다.

이제 나는, 그저 조용히 살고 싶다.

모든 말은 필요 없었다.

이제야, 마음이 조금 평온해졌다.

나는 여전히 살아 있고, 동시에 사라졌다.

이 고요함 속에서 나는 진짜 내가 되었다.

존재를 포기하고 나서야 존재할 수 있었다.

나는 사라지며 나 자신이 되었다.

나는 마지막까지, 나였던 적이 없었다.

그리고 이제, 나로서 끝을 맞이한다.